Prima di cominciare, qualche ringraziamento che potete anche saltare allegramente: il primo grazie va a Costa, tu sai perché, sei il Grazie fatto a persona. Grazie a Bea per avermi supportato come sempre (<3) e averlo letto per prima, grazie a Matteo per il suo prezioso aiuto, a Lòro per l'estrema professionalità, a mia madre che mi ha accompagnato nella revisione di questo libro. Infine, grazie a voi. Fatemi sapere come vi sembra, se vi piace lasciatemi una recensione su Amazon per farmi diventare mostruosamente ricco.

For business inquiries, paol0torr3@gmail.com (no non è il mio manager, sono sempre io che mi faccio da manager)

MI HANNO FINITO I TITOLI

Edoardo Manenti

CAPITOLO 1

Vendo case e appartamenti. E lo faccio da un bel po' di anni. Qualche giorno fa ricevo una chiamata, una donna ha appena ereditato questo bilocale da un lontano parente, e vorrebbe trovare il modo di farci dei soldi, vuole sapere quanti. Vado a vedere e, come faccio sempre, mentre cammino faccio una valutazione rapida della zona, condizioni del condominio eccetera eccetera. E non mi conforta quello che vedo, per nulla. Il quartiere è grigio, triste, ci passa un autobus se va bene, il portone non ha citofoni né portineria, le scale sono buie e tutto il resto. Sembra tutto disabitato, o forse vorrebbe esserlo. Prima di entrare prendo un bel respiro, e spero con tutto me stesso che la casa abbia un qualche cosa di valore, un mobile, un quadro, che ne so. Un bel colpo mi servirebbe. E invece entro e nulla, ciarpame, ciarpame, ciarpame. È un interno scarno, corroso dal tempo, vecchio, sa di disperazione. La polvere copre tutto, soffoca tutto, me compreso. Non c'è nulla che meriti un destino migliore della discarica. Niente soprammobili, solo un tavolo, un armadio, una o due lampade. Desolante. Ultima speranza sono i libri, che negli scaffali ci sia qualche antichità, quindi guardo in giro e noto che non ce ne sono. O meglio, ci sono, ma non sono libri. Sono raccoglitori, pieni di fogli. Ognuno ha solo un nome e un titolo. Inizio ad aprirne uno, per capire di che si tratta.

Capitolo 1. Marcel, AFFACCIATI

Quante volte ci affacciamo alla finestra? Lui non poteva. Sin da piccolo i suoi genitori se ne erano accorti, lui se vedeva una finestra ci si buttava in mezzo, in automatico. E né le urla, né le botte, né i medici, ci avevano potuto fare nulla. Si erano trasferiti al piano terra di un condominio e gli avevano proibito di salire. Non poteva lavorare se non al piano terra, né prendere l'aereo.

Ok, che roba è? Un delirio? Dopo qualche pagina il racconto si interrompe, poi ci sono solo appunti illeggibili, infine

Capitolo 20

Hans dopo anni scopre che quando ha attorno a lui almeno due finestre, non si

butta, perché non sa decidersi su quale scegliere. Amplia così il suo raggio

d'azione.

OPPURE Capitolo 20

Hans sogna di essere al decimo piano di un palazzo di vetro, e di rimanere

bloccato, fermo per sempre al centro di una stanza perché non può muoversi

senza buttarsi, ma è tirato da più forze di diverse finestre in diversi punti, finché

non viene squartato in pezzi. Decide quindi di fare il macellaio.

Chiudo tutto. È chiaramente il diario di un folle. Una specie di bozza

di un romanzo mai uscito. Che siano tutti così? Visto che ormai c'è

poco da valutare in questa casa, e che un po' sono curioso, apro il

secondo.

Capitolo 1. Franco, CI SERVE UN ASSASSINO

Il primario mi aveva chiamato tardi nel suo ufficio quella sera. L'ospedale era deserto. Solo io e lui, un grande onore. Il suo studio era scarsamente illuminato, e lui pendeva letteralmente dalla sedia, grave, ma con una strana espressione in viso. Iniziò: "Come sai, abbiamo perso tre pazienti nell'ultimo mese" "si signore, casi disperati purtroppo" "eh sì eh sì...ma mi chiedo se non si sarebbero potuti salvare" "non penso signore, purtroppo" "A noi serve un assassino". Cala il silenzio. Prego signore? "Si, un assassino, e non uno qualunque. Ci serve qualcuno che ami incidere la carne, che osi ciò che gli altri non possono, non sanno osare. Anche i chirurghi migliori, i più distaccati, possono essere sopraffatti dalla tensione, l'orrore di avere nelle mani la vita di un proprio simile, o essere bloccati dall'idea di deturpare un uomo pur di salvarlo. Ci serve qualcuno che sia febbrile nell'amare il pulsare del cuore, che abbia gusto per il sangue, ci serve qualcuno che veda il corpo umano da un'altra prospettiva. O forse ancora di più. Ci serve qualcuno che in sala operatoria non veda un uomo. Che non sappia cosa sia la vita umana.

Che veda solo un qualcosa, una rete di cavi e liquidi, dei buchi, delle cavità, delle forme attaccate l'una all'altra. Solo così potrà progettare soluzioni inedite, nuove, e salvare vite. Per questo ho rapito tuo figlio" cosa, come prego? "Si, tuo figlio. Appena nato, vero? Congratulazioni. Con la scusa di fargli analisi supplementari, oggi te l'ho rubato per sempre. Lo crescerò in un ambiente privo di umani. Non saprà nulla di chi o cosa è, o cosa siano gli altri. Sarà istruito sui meccanismi del corpo, sulle scienze, ma non assocerà la parola essere alla parola vivente. Vedrà forme, non vita. E sarà il più grande chirurgo di tutti i tempi"

Si ferma qui. Questo è troppo. Chiamo la proprietaria di questo evidente covo di matti, voglio spiegazioni. Voglio il testamento di quel lontano parente. Non so perché, ma ormai voglio sapere. Lei é svogliata, voleva solo sapere dei soldi, non le importa. La convinco che lo faccio ai fini della valutazione, e promette di cercare quel testamento, o qualche informazione su quel parente. Intanto che aspetto, perché non aprirne un altro?

Capitolo 1. Giovanni, IL NON LIBRO

Guarda lascia stare, hanno detto di tutto. Di tutto. No ma è inutile che provi a... ma no ma ti dico, non... oh tutto. Tutto. Tu prova a scrivere qualcosa, no ma dico provaci. È impossibile. La sovrapproduzione di cellule è mortale per l'organismo, qui c'è stata una sovrapproduzione di idee. Cosa puoi scrivere? Un giallo?

Per favore, no, è tutto esaurito: investigatori geniali, investigatori stupidi, comici, drogati, giovani, vecchi, donne, bambini, malati. Trame lineari, sospese, frammentarie, dettagliate, intricate, incomprensibili. E avanti così.

Un romanzo? Impossibile. Li hanno fatti sulla vita, sulla morte, sulla malattia, sui giovani, sui robot, sull'amore, sull'odio, sui bambini, per bambini, o per bambini ma che in realtà non lo sono, sui criminali, sui giustizieri, sui giustizieri un po' criminali, sui criminali ma sotto sotto un po' giustizieri, su tutto. Una poesia? No vabbè vuoi scherzare? Hanno tentato ogni strada, dalle odi più strappalacrime a versacci senza senso, dai canti agli sputi, dai lamenti alle filastrocche.

Per lo scrittore ignaro è semplice: egli è convinto di avere campo libero per le sue idee, il ventaglio delle possibilità è infinito, la sua realtà si presenta come una pianura arata e pronta per la semina, dove poter sapientemente piantare e crescere la propria opera. Se solo sapesse che è il contrario: è come un campo infinito dove tutti hanno piantato tutto, chi meglio chi peggio. Un giardino dell'Eden di sconfinato caos, un hotel dove la scritta "siamo al completo" è scritta sul tetto, a caratteri cubitali illuminati da luci led, con tanto di accompagnamento musicale.

Io a questo punto dico, ma anche no. Anzi, ma col cavolo proprio. Tu andresti in un hotel dove da due chilometri di distanza già si vede quella scritta, già si sentono i cori? Ma fai dietrofront e piuttosto dormi in strada. Il trucco, io penso, è nello scrivere senza scrivere, nel fare letteratura senza fare letteratura, nel presentarti ed evitare la stretta di mano facendo boccacce e gesti osceni. Come, dirai tu.

La caratteristica di un libro, di uno scritto insomma, non è di essere stampato, o di avere delle belle parole dentro. Un libro narra. Ogni genere. Ogni tipologia. Ti porta in qualche modo da A a B. O da A a Zky, o a %@&, ma ti porta, fa un percorso. Può farlo passando attraverso lettere, numeri, gesti, ma un libro è questo. È il motivo per cui non consideriamo libri i dizionari, seppur pieni di parole e di pregevole fattura. Io penso che sia venuto il momento di tentare il libro-non-libro, un'opera non opera, l'estremo gesto di un pre-scrittore che vuole estirpare il male alla radice. Il problema è che già guardandomi indietro adesso, mi accorgo di aver fallito. Vi ho già dimostrato qualcosa, vi ho già portato da A a B.

Ah beh, interessante. Un cane che si morde la coda. Scrivi criticando chi scrive. Ma chi ti credi di essere. Non mi stupisce che non sia uscito da nessuna parte, chissà cosa pensava di fare. Ormai ho perso le speranze di arrivare a un punto, ne apro un altro per passare il tempo.

Capitolo 1. Marco, TSUAF

Non devi preoccuparti se non vivi i tuoi sogni, diventa un problema quando

I tuoi sogni iniziano a vivere te. Ad abitarti dentro, a scuoterti e muoverti,

renderti il desiderio di te stesso. La prima notte ho sognato

il mare, un mare

che era acqua, fango e vipere. Cinque barche colavano a picco,

da ognuna il grido mortale del marinaio.

A

U

T

S

F

Cos'è, una poesia rebus? La settimana enigmistica?

La seconda notte ho sognato la terra, cinque vulcani eruttavano e nel fumo grasso

di fuoco

ecco dei simboli

U

S

A

F

T

La terza notte ho sognato il cielo, pallido e vecchio. Cinque aerei trafiggevano le nuvole, lasciando incise

F

T

S

U

A

La quarta notte ero sveglio, al telefono, a chiamare un amico.

La quinta notte ero sveglio, allo specchio, a chiamare Dio.

La sesta notte ero sveglio, allo specchio, a chiamare il diavolo. Perché TAFSU, USAFT, AUTSF, FSTUA e altre 115 combinazioni danno parole mute, ma una è "Faust".

Vuoto. Poi

Capitolo 12

"*È mancato ieri all'affetto dei suoi cari X.X, che visse, se così si può dire, il sogno e l'incubo di se stesso. Chiamò allo specchio il diavolo e gli vendette l'anima, per avere una lunga vita di atroci sventure ma la salvezza dell'anima. Ogni giorno che non accadeva nulla di male la sua paura diveniva sempre più soffocante, perché pensava che sarebbe stato punito più severamente in seguito. Ogni sventura invece era solo un ricordarsi della sua condizione, e la rassegnazione di dover vivere ancora anni impiombati di dolore. Logorato da ogni giorno, sfibrato da ogni minuto, consumato da ogni respiro nell'attesa della venuta del male e del bene, fuggì dagli uomini e da sé stesso, vivendo solo, al buio, tremante. E finalmente eccoci qua. Ebbene, se avesse guardato bene in quello specchio, X non avrebbe visto il mostro che gli ha agitato i pensieri per anni, ma solo se stesso.*

I suoi sogni, usciti da lui, lo hanno fatto prigioniero. La profezia si è avverata da sola, perché credere vuol dire dare potere, anche a qualcosa che non esiste"

Apperò, è arrivato il santone. Mentre sono lì che rifletto, squilla il telefono. È lei. Non dice molto. Sul testamento non c'è nulla di rilevante, il titolare era un uomo eccentrico, molto eccentrico. Aveva tagliato i rapporti con la famiglia da sempre, e condivideva quell'appartamento con molte persone, altre andavano e venivano. Non se ne conosce il motivo, né chi fossero o dove siano finiti. Non un grande inizio. Decido di continuare le letture, per provare a capire qualcosa, a trovare un senso

Capitolo 1. Vittorio, TITOLO A CASO

Io sono il supremo. Io sono lo scrittore, posso creare mondi, distruggerli, plasmare personaggi, personalità, vita. Ma io disprezzo questo dono. Io lo voglio usare per mostrare la vanità di voialtri scrittori, che pensate di emozionare con le vostre frasette, i vostri discorsoni visti e rivisti. Io ho voglia di scrivere ciò che voglio, e ho un'improvvisa voglia di scrivere uova di pellicano. Uova di pellicano. Uova di pellicano. Uova di pellicano. Uova di pellicano.

Così per dodici pagine. Direi che si può passare al prossimo.

Capitolo 1. Manuel, LA TERRA

Si parla tanto della forma della terra. Una sfera? Un complotto? È piatta? È

quadrata? Tonda ma schiacciata ai poli? Ma basta. Si chiama "terra" perché è

appunto terra. E la terra, in quanto terra, non ha una forma precisa, è

modellabile, cambia forma, ogni momento. Magari poco, magari molto, ma è così.

Si sposta, invecchia, crea e distrugge. E allora perché discutere? E il tempo? Si

dice che non esiste, che è ciclico, che è ladro, che vola, che scappa, e chissà

cos'altro. Ma non è che non esiste, è che ne esistono infiniti, e noi siamo finiti.

C'è il tempo della vita, della natura, dello stomaco, siamo immersi in tempi

concordi e discordi, orologi malleabili, di ogni misura, con lancette che prendono

forme sempre diverse e si rincorrono, girano, si insabbiano. Lancette come delfini

in un acquario sospeso nel vuoto. Basta solo decidere quale

Mentre leggo, una lettera cade dalla pagina. La raccolgo, è una busta

anonima, spiegazzata.

"Ti chiederai cosa stai leggendo. E chi siamo noi. È il proprietario che parla, e se qualcuno sta leggendo questa lettera vuol dire che ormai è l'ex proprietario che vi parla. Alla mia famiglia ho sempre preferito la letteratura, e la scrittura. Volevo scrivere, e basta. Ma non essendo un misantropo, non volevo farlo da solo. La mia casa è diventata il rifugio di aspiranti scrittori come me, che pensavano di avere l'idea giusta, che volevano scrivere e pubblicare. Ci tenevamo compagnia, ci davamo consigli, discutevamo. Vivevamo al margine, e sognavamo il successo, riponendo ogni sera i nostri elaborati nello scaffale. La compagnia, la compagnia unisce le menti. Ma piano piano ci siamo inariditi, sempre meno energia fluiva tra noi. Chi andava, chi veniva, chi preferiva tornare alla vita normale e dimenticare questa casa come uno strano e triste sogno. E allora, con i pochi che mi rimanevano, abbiamo deciso di cambiare aria. Un cambio radicale, per rinfrescarci le idee. E dopo aver dibattuto a lungo, abbiamo lasciato tutto e ci siamo trasferiti su una scogliera in Liguria. Lascio di seguito l'indirizzo. Se è successo qualcosa, è successo lì."

Leggo l'indirizzo, ormai non posso fermarmi. Oggi è venerdì, ho due giorni per provare a fare luce su tutto questo prima che ricominci la settimana lavorativa. Salgo in macchina e, circa due ore dopo, mi ritrovo in una stradina sterrata, mentre un sole pallido soffia debolmente sul mio cofano. Arrampicata sulla roccia, c'è una piccola casa di legno annerito e pietra. C'è scritto "Affittasi" ma nessun numero a cui rivolgersi. Entro, l'ambiente è umido e malmesso. Tutto vuoto, tranne una scatola, che contiene una lettera. Anonima, bagnata e poi seccata di nuovo.

"Bentornato. Ti chiederai, o vi chiederete, dove siamo finiti, cosa è successo, chi siamo eccetera eccetera. Io sono sempre l'ex proprietario, ed è andata più o meno così. Per qualche settimana tutto bene, abbiamo scritto, e molto, e ogni parola ci sembrava più fresca, ogni idea più brillante. Eravamo convinti, tutti, che avremmo concluso dei capolavori. Ma lo eravamo troppo. La tensione è salita, sempre di più, col passare del tempo. Chi vedeva la propria vita buttata, ormai retta soltanto dal miraggio della propria opera. Chi si bloccava, e provava in ogni modo a continuare, sforzando, urlando ogni parola scritta. Uno è sparito, una notte, diceva di andare a cercare l'ispirazione. Un'altra ha iniziato a temere che il proprio scritto venisse rubato da qualcuno di noi, se lo è legato alla schiena, non dormiva più per sorvegliarlo, stava a distanza da tutti. La tensione ci è entrata dentro, giorno dopo giorno, e alla fine è esplosa. Mi sono svegliato una mattina presto con un odore strano, acre, di bruciato. La casa stava andando a fuoco. Qualcuno aveva appiccato il fuoco. Esco, correndo, sono tutti fuori, e danno i numeri. Nei loro occhi non c'è nulla, in questa casa non c'è nulla, se non follia, cresciuta come edera attorno a noi in questi anni. Poi, all'improvviso, la pioggia. Un temporale vero e proprio. E il temporale ci riporta tutti dove eravamo, di nuovo padroni di noi stessi. L'incendio è spento, i libri sono salvi, e lo siamo anche noi. Ci guardiamo, e senza dire nulla, prendiamo la decisione. Per questo mondo ormai non siamo adatti, né per i nostri mondi immaginari. I nostri libri voleranno dalla scogliera fino al mare, stasera, e noi li seguiremo, seguiremo il nostro miraggio saltando nel vuoto, nella più reale e tragica delle conclusioni".

L'uomo chiuse anche questo manoscritto. Che strano, pensò. Sono qui, in un appartamento che cade a pezzi, in mezzo a quaderni pieni di romanzi non finiti, e in uno di questi c'è la storia di un "agente immobiliare" che descrive questo appartamento, questi scritti, la loro storia. Eppure è qui in mezzo agli altri, solo uno dei tanti quaderni impolverati. Sarà successo

davvero? O era tutto inventato? Beh, tutto tutto no, visto che quello

scaffale polveroso e il suo strano contenuto è qui davanti a me. In fondo

questa storia dell'agente immobiliare non è male. È anche l'unica

completa. Perché non portarlo via da quella casetta? Tanto è disabitata

da anni, chissà dove sono finiti questi disadattati. Potrebbe essere

interessante. L'uomo prende il raccoglitore, che ha scritto sopra solo

"Edoardo, L'AGENTE IMMOBILIARE" ed esce tenendolo sottobraccio.

Lui è un ladro, ma lì dentro ha passato tutta la notte, a leggere quegli

stralci di fantasia, quei sogni deformi di uomini e donne comuni. E forse è

l'unico che conosce questo piccolo inutile tesoro.

L'UOMO

Tornando a casa, l'uomo era confuso. Entrato in quella casa sperando di trovare qualcosa da rivendere, era rimasto ore immerso nel buio stantio, tra manoscritti e moncherini di idee altrui. E adesso sentiva un impulso, a scrivere. Sentiva e vedeva parole, voleva esprimerle, afferrarle, legarle insieme. Aveva troppo di cui parlare, eppure non aveva nulla. Guardò fuori dalla finestra. E cominciò

Capitolo 1

La luna scelse il suo vestito serale. Una nuvola scura, pesante e calda (era pur sempre inverno) che aveva alle estremità dei sottili veli di nuvole passeggere, che si muovevano lenti come le onde di un lago. Ci si avvolse dentro, comodamente, e uscì allo scoperto, salendo piano piano nel suo cielo scuro. E si sedette. E come sempre si mise a guardare le luci accese delle case, e delle barche sul mare. Le sembravano tante piccole stelle terrestri. Si era sempre chiesta dove fosse la loro luna, la luna terrestre. Doveva pur esserci, ma non si vedeva. Non ci sono stelle senza luna. Si era convinta che sarebbe stata lei, dopo la sua morte: collassando su sé stessa sarebbe caduta sulla terra diventando una sfera di fuoco conficcata nel terreno. Ma allora le sue stelle sarebbero rimaste senza luna. Era un dilemma senza soluzione.

Gli sembrava un inizio elegante, ma senza possibilità di sviluppare granché. Non era ancora uno scrittore, e già aveva sperimentato il classico blocco. Provò qualche altro inizio. Insoddisfatto, decise di andare a ruota libera, dare libero sfogo alla fantasia, pensando che essa da sola avrebbe costruito e spianato la strada alla narrazione. Semplicemente descrivendo ciò che avrebbe visto immergendosi nei suoi pensieri, nei suoi tentativi di dar forma a una storia. Si concentrò, chiuse gli occhi, e entrò in quel regno che è un misto di sogni, incubi e vita.

Capitolo 1

C'è una casa, con un albero, che dà su una stradina. Intorno, aperta campagna. C'è una folla di persone che si muove, si agita, spinge, rischia di ribaltare la casa e di ribaltarsi su se stessa. Si arrampicano gli uni sugli altri, sono un formicaio di se stessi. La strada si è trasformata in un enorme pitone di asfalto, che si muove ripiegandosi e falciando decine di persone, la sterile erba della pianura si scuote, trema, come un mare attraversato da invisibili squali d'ombra, le nuvole si addensano e assumono la forma di un gigantesco, evanescente quartetto jazz che suona freneticamente con strumenti fatti di correnti d'aria. Il cielo stesso sbatte come un lenzuolo steso fuori durante una tempesta e ribolle, l'aria è elettrica, tutto intorno a me chiede uno svolgimento, vuole procedere, si ribella alla casualità che le ho imposto! Questa realtà è smaniosa, assetata di risposte. Dal cielo iniziano a piovere personaggi. Sbucano dalla terra, si fanno strada strisciando. Sono prodotti informi della mia fantasia, non hanno abbastanza solidità per essere dei veri personaggi, ma rabbiosamente questo mondo, il mio, ne sforna sempre di più. Vuole una storia, si dibatte.

Esplosioni, fiamme, tutto trema. Dalla finestrella della mia casetta vedo una scena ormai catastrofica, mostri che compaiono e si dissolvono, personaggi pazzi, deformi, che si combattono, si amano, si suicidano, seguono mille trame sconnesse di mille storie campate per aria. Gli elementi naturali mutano, urlano, si fanno la guerra. Ma questo mondo non è fatto per sopportare una simile mancanza di senso, e progetta l'autodistruzione. Un vortice trasparente, come di vetro soffiato al momento, ancora bollente, si apre al di sotto del suolo, e ingurgita tutto. I personaggi spariscono e annegano nel mare di vetro, e in *qualche secondo la scena è deserta. Tutto è come era all'inizio.*

Meravigliosamente fermo.

Anche questo tentativo è fallito. E l'uomo inizia a pensare che ogni idea, ogni inizio, è imperfetto come lo siamo noi creatori. E più la studiamo, quell'idea, e più la guardiamo, più questa sfiorisce. Siamo come Medusa che prova a darsi al giardinaggio, e pietrifica e uccide le sue creazioni. La purezza, cristallina, dell'immaginazione, messa su carta si accartoccia, come una formica prima di morire, è squassata dai mostri. Quell'uomo pensa di aver attraversato, in una sera, tutta la vita dello scrittore. E decide di smetterla con quell'idea bislacca che gli era venuta, scrivere un libro. Ma di cosa? Ma perché? Andando a dormire però, sogna di essere in quell'appartamento, di far parte di quella collezione di fallimento. Non sa perché, ma vuole esserci.

Allora prende tutti i suoi scritti, li riunisce, li ripone dentro "L'AGENTE IMMOBILIARE" che aveva sottratto, e si ripropone di andare là il giorno seguente. La mattina giunge davanti al portone, e lo trova forzato. Strano, lui era entrato dalla finestra. Va subito allo scaffale, per riporre il racconto rubato con la sua aggiunta, e nota che è stato messo in disordine, molto in disordine, e non da lui. E non solo, è comparso un altro raccoglitore, che si nota rispetto agli altri perché molto più nuovo e senza polvere. È stato sicuramente messo lì poco prima che lui arrivasse, chissà da chi. Lo prende in mano. C'è scritto "Anonimo, LO SCHIAVO". Lo apre, curioso

Capitolo 1

È stato detto da pensatori eccelsi che il corpo è la prigione dell'anima. Ma è il contrario. È l'anima, o meglio, la nostra mente, che imprigiona il corpo. Il nostro corpo è semplice nella sua complessità, è un meccanismo vitale, animalesco. Poi c'è la mente. Sproporzionata, invincibile, superiore. E governa tutto. Imprigiona il corpo nel suo flusso, ci rende schiavi di lei, ci fa fare cose che il puro istinto, o la razionalità, nemmeno contemplerebbe. E da qui nasce il genio e l'evoluzione, ma anche la tragedia. Ho conosciuto un uomo che era preda della propria mente. Lui si era abituato a pensare, per ogni situazione futura, lo scenario peggiore possibile. Forse per esorcizzarlo, nel caso fosse accaduto, forse invece, quasi per scaramanzia, per annullare un qualche oscuro incantesimo. O forse era un inguaribile pessimista. Fatto sta che soffriva per questo, perché viveva, ancora prima che accadessero, tragedie. Che poi non accadevano. Ma lui era ormai convinto che non erano accadute, proprio perché lui le aveva immaginate, e quindi "annullate" o chissà cosa. E quindi continuava. Era una marcia infernale, coordinata dalla sua mente, dalla sua sfera emotiva, da lui stesso. E non ne

usciva. Io invece, penso. E penso troppo. La mia immaginazione, il mio cervello,

processa, processa, processa, corre, è cieco. Corre in ogni meta e da nessuna parte,

mi fa vedere cose, poi le cancella, costruisce interi scenari e poi li fa esplodere.

Inarrestabile e instancabile. È come un castoro sotto anfetamine, che costruisce

cadaveri di dighe ovunque. Mi fa quasi contorcere con le sue pulsazioni cerebrali.

Ed è anche camaleonte, sa vivere ciò che vivono le persone con i loro occhi. Non è

empatia, non è solidarietà, è la solitudine di chi veste mille corpi e non sa stare

nel suo.

L'uomo era impressionato. Voleva sapere, conoscere l'anonimo. Voleva confrontarsi con lui. Voleva sapere perché quella biblioteca attirasse così tante idee. Forse era la sicurezza di potersi esprimere, in quell'ambiente dimenticato. Forse ci si sentiva come dei piromani in mezzo a un bosco già bruciato. Fallire? Dire follie? E allora? Era il luogo adatto per farlo. Lasciò un biglietto "per l'anonimo. Incontriamoci e scriviamo". Poi lo accartocciò, vergognandosi. Lo avrebbe aspettato. Tanto sarebbe tornato lì, per forza. Si addormentò lì, sognando di chiedere il nome a delle persone che gli rispondevano di non saperlo. Ma l'anonimo non venne, né il giorno dopo, né mai.

L'EDITORE

Chiusi quel pesante manoscritto, nel mio piccolo ufficio, da piccolo editor di una piccola casa editrice. Era bello contorto, non c'è che dire! Un ladro, che trova un racconto stranissimo che parla di altri racconti stranissimi e addirittura ne scrive di suoi, sogni, storie senza capo né coda che si susseguono: nessuno lo avrebbe comprato. Poco ma sicuro. Scrissi subito all'autore, cordialmente ma senza dargli speranze inutili. Ma, tornato a casa, mi misi a pensare.

Non volevo scrivere, già ci avevo provato in gioventù, senza grande successo, ma ormai a dirla tutta ero stufo di vedere bozze di libri anonimi, con le quali condividevo le mie ore lavorative da più di vent'anni. Cosa volevo? Non lo so. Volevo ricreare, nella realtà, quell'ambiente, quello scaffale, quel gruppo. Mi convinsi che lo volevo fare per scrivere, io stesso, un capolavoro segreto, lasciandolo lì per strani sviluppi futuri. Poi invece che l'avrei fatto per sottrarre l'idea migliore a chi l'avesse avuta, e poi scappare. Infine, addirittura, che l'avrei fatto per concentrare lì gli sforzi di aspiranti scrittori senza talento, che così non avrebbero mandato i loro manoscritti polverosi a me. Stavo uscendo di testa, ammetto. Ma volevo farlo. Assolutamente. E iniziai a

progettare.

E così mi licenziai, seduta stante. O meglio fui licenziato, perché al

lavoro non misi più piede. Iniziai a scrivere per conto mio, e feci mettere

sul giornale dove lavorava un vecchio amico un piccolo annuncio,

"Scrittura di gruppo" con il mio indirizzo. E piano piano, prima una, poi

due, poi altre persone vennero a farmi visita. Molti erano scettici, alcuni

indifferenti, qualcuno entusiasta. E dopo qualche mese, eravamo in

ballo. C'era chi veniva per scrivere qualche ora e poi andava via, i più

fidati invece vollero restare in casa. Non dissi mai a nessuno la vera

ragione del mio agire, non raccontai a nessuno del manoscritto, mi

limitavo a spiegare che mi era venuta voglia di scrivere, e non volevo

farlo da solo. Il mio scaffale si stava riempiendo. Qualche volta, di notte,

di nascosto andavo a leggerne qualcuno. Non sapevo cosa stessi

creando, ma mi piaceva. Tanto più ero fuori dal mondo, tanto più mi

sentivo nel regno delle possibilità, come se stessi costruendo un

meccanismo segreto all'interno di un mondo indifferente. Finché una

notte notai un quaderno diverso dagli altri. Il mio cuore sobbalzò:

"Anonimo, LA STORIA" Nessuno poteva saperlo. Era forse un caso?

Avevo una strana sensazione. Aprii

Capitolo 1

*Buonasera. Si chiederà chi io sia, e come faccia a sapere la faccenda dell'anonimo,
e il ladro, eccetera. Beh, non è difficile. Io sono l'autore di quel primo manoscritto,
che lei ha cortesemente rifiutato. È stato l'unico a rispondermi personalmente,
sa? Le altre case editrici mi hanno completamente ignorato, al massimo qualcuna
mi ha degnato di una risposta automatica. Così sono venuto a cercarla e sono
stato con lei a scrivere, e osservarla, in questi mesi. Non è stato difficile notare il
suo annuncio, presentarmi come interessato e vedere che lei aveva ricreato
l'ambiente del mio libro. Caro mio, non è ironico? In fondo, io sono l'anonimo,
perché lei non sa chi sono, e lei il ladro. Il ladro della mia idea.*

*Ma non gliene voglio per questo, anzi lo trovo sbalorditivo: lei ha agito
esattamente come il ladro, voleva sapere, far parte di ciò che io avevo creato. E
non solo, lei vuole addirittura seguire le orme di quel misterioso "ex proprietario"
del primo nucleo della mia narrazione. L'uomo è portato a esprimersi, a scrivere,
a lasciare traccia di sé. È un richiamo irresistibile. E lei e io siamo i prototipi di
una nuova letteratura: una letteratura oltre la quarta, la quinta e la sesta parete,
un copione al contrario, in cui entriamo e usciamo dalla storia che noi stessi
creiamo, in cui le coincidenze tessono trame e la realtà è solo una matrioska*

infinita di storie, pezzetti di storie. Ma sto divagando. Le auguro una buona

nottata. L'anonimo.

Ah questa era strana. A questo punto dovevo conoscerlo. Ma non avrei

fatto l'errore del ladro nel manoscritto, non avrei potuto né scrivergli né

aspettarlo. Avrei indagato. Era un gruppo ristretto di persone, sarebbe

stato divertente.

Sembrava una persona simpatica dopo tutto, gentile, ironica. Nei giorni

seguenti iniziai a guardarmi intorno, a sbirciare qua e là. Ma nulla,

nessun indizio. La sera invece controllavo se ci fosse il faldone

dell'anonimo, ma era sparito. E cresceva così la mia curiosità. Ma un

giorno iniziarono i problemi. Alcuni, nel gruppo, dicevano che i loro

quaderni erano stati aperti, o messi in disordine. Un clima di sospetto

iniziava ad aleggiare nella casa. Un giorno arrivarono quasi alle mani,

vaneggiando su idee rubate, copiate o chissà cosa. E vennero da me

per decidere il da farsi, era pur sempre casa mia. Cercai di

tranquillizzarli, provando a convincerli sulla buona fede di tutti e

sull'aiuto reciproco. Ma mi sembrò di notare uno sguardo strano in alcuni di quelli che mi guardavano, uno sguardo che non riuscii a catalogare. Quella sera stessa, il quaderno dell'anonimo era tornato nello scaffale. Aprendolo, notai che era stata aggiunta una parte.

"Buonasera. Ho pensato di riprendere il discorso da dove l'avevo lasciato. Dunque, io e lei siamo qualcosa di nuovo, un misto di realtà e finzione. E quindi ho pensato, perché non rendere il tutto ancora più coeso? È bastato strapazzare un po' qualche manoscritto, mettere in giro qualche voce, ed ecco ricreata la situazione del libro, di cui lei ha scelto di essere il protagonista. Fin dove possiamo spingerci? Chissà, dipende tutto da lei e da me. Per ora, le suggerisco di chiudere il manoscritto e tornare subito a letto. Arrivederci"

Chiudere? Perché? Il tono di questa lettera mi inquietava, lo ammetto. Era il tono di un megalomane, chissà cosa pensava. Non so cosa avrei dato per sapere chi fosse, in quel momento. E mentre riflettevo sul da farsi, una torcia mi abbaglia, Voci, urla, mani mi prendono, mi spingono. "Abbiamo trovato il ladro! Il copione! Accendete!". Provo a dibattermi, a spiegare, ma in qualche secondo il salotto è pieno di gente, le luci accese. "Sei tu? Lo sapevo! Falso! Traditore!" MI tengono fermo, mi fissano, mi accusano. Poi la situazione si calma un po': una voce maschile, nel gruppo, di cui non riesco a vedere il volto, chiede il silenzio e comincia a parlare. "La scoperta di stanotte non fa che confermare i miei e i vostri sospetti. Quest'uomo ci ospita per rubare le nostre preziose idee. Cosa possiamo fare? È stato pur sempre lui a riunirci, a darci uno spazio dove possiamo esprimerci. Merita una seconda possibilità".

Provo a spiegare tutto, tutta la storia dell'anonimo, ma pochi mi sentono e nessuno mi ascolta. E ovviamente quel quaderno maledetto nella confusione è sparito, o è stato fatto sparire. Ma dove vuole arrivare concedendomi la grazia? La voce continua "Ma è evidente che qui non possiamo più stare. Ci occorre un cambio radicale, di ambiente, di idee, di tutto. Propongo un trasferimento in Liguria, ho una casetta su una scogliera, isolata da tutto e da tutti. Là nessuno ci disturberà, e daremo vita a dei veri capolavori. Il padrone di questa casa potrà seguirci, se vorrà, ma deve giocarsi bene la sua possibilità. Se necessario, verrà allontanato". Il suo discorso ricevette molta approvazione, e io ero disperato. Nessuno mi avrebbe ascoltato, nessuno mi avrebbe creduto, e quell'uomo, seguendo la sua folle logica, avrebbe concluso il tutto con un tuffo collettivo dalla scogliera, come nella storia originaria.

Eppure dovevo partire, per provare in qualche modo a mettergli i bastoni tra le ruote. Ma prima dovevo vederlo, vedere la sua faccia. Mi avvicino alla voce, sono quasi davanti a lui, e finalmente lo vedo. Ma appena il mio sguardo incrocia il suo, ho l'illuminazione: sono io.

Cioè, non sono io, può avere qualsiasi volto, immaginalo come vuoi, ma sicuramente sono io. Lo sento, lo so. Perché è da me che scaturisce tutto questo: sono io lo scrittore di questa storia, quindi ogni personaggio deriva da me, l'ho creato io. C'è un pezzo di me e della mia fantasia in ogni parola, in ogni luogo, in ogni personaggio di questo libro. E allora, perché non sfruttare questo privilegio? Vedrò dove mi porta la storia, e al momento giusto manderò a monte i piani di questo anonimo pieno di sé. È solo un personaggio che si sta prendendo un po' troppo spazio, ero lì tranquillo a impersonare l'editor e la mia fantasia ha cacciato fuori questo pazzoide. Ma solo io posso scrivere queste pagine, ho pieni poteri in questo mondo. Lo ho creato io e lo rimetterò al suo posto. Dunque, vuole andare in Liguria. Benissimo. Allora continuiamo così, vedrà cosa lo aspetta.

L'anonimo diede appuntamento a tutti per l'indomani, davanti a casa mia, per partire. Rimasi solo, per la prima volta dopo tanto tempo, chiuso in quelle quattro mura. E iniziai a elaborare il mio piano. Il giorno seguente erano tutti fuori dal portone, puntuali. E partimmo, me compreso, alla volta di quella casetta. Ma d'un tratto, dopo qualche chilometro, tutte le gomme di tutte le macchine esplosero fragorosamente all'unisono. Tutte tranne la mia ovviamente. Ora iniziamo a ragionare.

L'anonimo, tranquillizzando gli animi, borbottò qualcosa sulla mancata manutenzione, o su chiodi lasciati sulla strada da qualche delinquente. Propose di posticipare la partenza, e di andare in treno. Io, candidamente, acconsentii, come tutti gli altri. Ma il giorno seguente, arrivati davanti alla stazione, scoprimmo che era completamente inagibile: era stata inondata nottetempo da alcuni vandali, che avevano deviato i tubi delle fognature negli impianti di areazione dell'edificio. Ma guarda te, pazzesco eh? Come ci arrivi in Liguria adesso? Chi è il re della quarta dimensione? Pappappero. Posso fargli succedere di tutto, basta scriverlo. L'anonimo, ormai visibilmente alterato, rimandò ancora una volta la partenza. Disse che avrebbe pensato ad una nuova soluzione, e che ci avrebbe fatto sapere. Io, esultante, finsi dispiacere. E, tornato a casa, caddi in un sonno profondo.

Molto profondo. *Lo scrittore dormì almeno venti ore. E quando si sveglio, trovò un biglietto attaccato fuori dalla porta: "Noi siamo andati, ci raggiunga quando vuole".* Andati? Dove? Perché avevo

dormito tanto? Cosa significa tutto questo*? Significa che ho fatto due*

più due, caro sabotatore. L'hai detto tu che c'è un pezzo di te in

ogni personaggio, che "sei" ogni personaggio, quindi anche io

sono te, anche io sono lo scrittore, e anche io posso modificare a

mio piacimento tutto questo. E concluderò questa storia come

voglio io. Non puoi eliminarmi, ormai siamo la stessa persona. Ah è

così eh? Vuoi la guerra, va bene. O meglio, io stesso la voglio? Vabbè

pazienza, iniziamo a controbattere. Mi svegliai dopo tutto quel tempo,

lessi quel biglietto, e aprendo la porta di casa trovai un elicottero. E

scoprii, con somma sorpresa, che sapevo pilotarlo. Mi alzai in volo.

Giornata limpida, perfetta per volare. Sorvolai l'autostrada, che era

guarda caso intasata da una coda chilometrica, e mi preparai ad

atterrare. Si, ma dove? Non sapevo certo dove fosse la casetta. Ma

davanti alla casetta, proprio il giorno prima, era stato costruito un albero

di Natale in rame di duecento metri di altezza. *No, non era stato*

costruito. È tecnicamente impossibile. Sì invece. E lo vidi, e atterrai.

Mentre l'albero veniva smantellato (era un'installazione temporanea)

andai a salutare tutti, anonimo compreso. Il mio sorrisetto diceva a

chiare lettere: "Tutto qui quello che sai fare?". Mi sistemai in una

stanzetta di quella casa, e iniziai a riordinare le idee. Dunque, io ho in mano tutto, posso evitare la tragedia. Ma non sono il solo, il mio nemico ha lo stesso potere. Può pensare, può scrivere sul mio stesso foglio. E, cosa non da poco, il nemico, l'anonimo, sono io stesso. E ho imparato, dalla faccenda dell'albero, che nessuno dei due può annullare ciò che l'altro mette per scritto. Bisogna agire d'astuzia. *Ma mentre rifletteva sul da farsi, lo scrittore si portò una mano alla gola: cosa poteva essere?* Cosa? Sento dolore alla gola, provo ad emettere un suono: sono muto. Completamente afono. Panico. Non posso fare nulla per riavere la voce. O forse sì. Mentre l'anonimo ridacchia sotto i baffi infatti, scopre di essere sordo. *Maledetto. Ridammi immediatamente l'udito. Occhio per occhio. Va bene, lo scrittore miracolosamente recupera la voce.* E allora anche l'anonimo l'udito. Mutilarsi non serve a nessuno dei due. Esco dalla camera, vado incontro agli altri e mi metto in mezzo a loro, sorvegliando l'anonimo. La giornata trascorre placida, gli animi sono rilassati. Secondo il manoscritto originario, solo dopo qualche settimana sarebbe iniziata a crescere la tensione, quindi il tempo è dalla mia parte. Devo allontanare tutti da questo posto.

In un tranquillo pomeriggio, un grido di paura lacera l'aria. Poi un altro. E un altro ancora. Porte che sbattono, rumore di passi. Guardo dalla finestra cosa succede. Sono tutti fuori "Le cimici! Migliaia! Che schifo! Io torno a casa!". Là, in mezzo agli altri, l'anonimo mi sta guardando, con un'espressione di furia bestiale. Ma si controlla, e comincia a parlare: "Amici, non disperiamo. Sarà qualche insetto a impedirci di raggiungere la gloria letteraria? Vi scoraggiate per così poco? La storia della vostra vita è nelle vostre mani, qui ed ora. Non dimenticatelo. Chiamo subito la disinfestazione, e domani sarà tutto a posto". Che grande oratore! Mi sto quasi divertendo ormai, mi sento onnipotente, continuerò così fino a sfinirlo. Lui è in svantaggio, lui ha bisogno che la situazione resti perfettamente invariata per coronare la sua folle narrazione nel mondo reale, o quasi reale. Io posso spazzare via tutto in un batter d'occhio. *Lo scrittore, esultante per il suo effimero successo, è in quel momento assalito dalla più comune delle emozioni. I suoi battiti accelerano. La sua stanza è così piccola, eppure così piena di pericoli. Cosa c'è là dietro? Chi ha parlato? Lo stanno forse spiando?*

Improvvisamente sono sul chi vive, rattrappito sulla sedia. Ogni ombra proiettata sul pavimento è viva, rapida, senziente. Mi guarda, mi studia. Ogni rumore, scricchiolio, voce lontana è un segnale di pericolo.

Con il cuore in gola, corro a chiudere la porta a chiave. Chiudo la finestra, tiro le tende. Sposto un mobiletto e lo metto davanti alla porta, così nessuno potrà entrare. Fuori c'è un assassino, lo sento. Cerca il modo di entrare. Nessuno mi può aiutare. C'è qualcosa che respira nel mio armadio. Sono sicuro di aver chiuso la porta? Ricontrollo: è chiusa. Mi sdraio sul letto. Sotto le coperte ci saranno decine di ragni. Non posso spegnere la luce. Sdraiato sono più vulnerabile. La porta era chiusa? Sì era chiusa. E se si aprisse in questo momento? Cosa entrerebbe? Un enorme insetto, con occhi neri e rotondi e decine di zampe? Un uomo armato? Ormai sono paralizzato sul letto. Devo scappare, subito. Stanno venendo a prendermi.

Apro la finestra di scatto, salto giù e inizio a correre a perdifiato nel boschetto vicino alla casa. E dopo non so quanto tempo, un barlume di razionalità fa capolino nella mia mente devastata. È stato l'anonimo, mi ha instillato la paranoia in testa. Vuole mettermi fuori gioco, e ci sta riuscendo. Devo riprendere il controllo.

Mi riavvicino alla casa, senza farmi vedere. Lo sento, sta parlando agli altri. "Avete visto come è scappato? Secondo me stava cercando di rubare qualche vostra idea…state attenti". Mi sale il sangue alla testa. Torno nel bosco. Ho un'idea. Cala la notte. E dai riflessi della luna sugli alberi, faccio uscire delle figure candide, eteree. Fluttuano nell'aria notturna, emettendo sospiri ancestrali, il bianco delle vesti avvolge il nero violento dei loro occhi. Fantasmi, spettri, chi più ne ha più ne metta.

Farebbero scappare chiunque. E si dirigono tutti verso la casa, lenti ma inesorabili, sempre di più, sempre più lugubri. *Proprio in quel momento, quando sono quasi davanti alla porta, giungono delle risate dall'interno. Che simpatici quegli attori. L'anonimo aveva scoperto che lì vicino stavano girando un film dell'orrore sui fantasmi, e alcuni partecipanti avevano fatto vedere agli abitanti della casa i loro effetti speciali. Molto simili agli spettri veri che stava mandando lo scrittore in quel momento e che ora, presi per finti, non avrebbero spaventato nessuno.* È più difficile di quello che pensavo. Gli mando branchi di animali selvatici e passa "per caso" una squadra di tiro al piattello che si allena, tolgo corrente ed acqua calda e gli fa visita il cugino idraulico. Provoco una lieve scossa di terremoto e si presenta un sismologo che giura che non c'è nessun pericolo e che, anzi, questo fenomeno indica che nella zona l'ecosistema è in perfetto equilibrio. Cose da pazzi. Intanto anche l'anonimo non resta con le mani in mano: mi riempie di fastidiose malattie, aizza gli animi contro di me, un giorno accendo la Tv e c'è la mia foto al posto di quella di un pericoloso terrorista ricercato in tutto il mondo. E ormai mancano pochi giorni all'inizio del periodo di pericolo. Ma ho un asso nella manica.

Una notte, mentre l'anonimo aveva deciso di fare una passeggiata nel bosco, entro in casa e mi dirigo allo scaffale dove tutti ripongono i propri scritti. Faccio un gran rumore: ne prendo in mano alcuni, urlo, ne straccio altri. Subito la casa si sveglia, tutti corrono da me, mi fermano, fanno luce. "Tu? Come è possibile? Perché'" E io: "Perché vi ho presi in giro fin dall'inizio. L'editor ha provato ad aiutarvi, ma inutilmente. Ora ruberò tutte le vostre idee". Detto questo, do uno strattone a chi mi teneva fermo e scappo fuori, verso il bosco. Nessuno mi insegue, per la sorpresa. Poi, riacquistate le mie sembianze, torno nella casa. Ebbene sì, mi sono trasformato temporaneamente nel sosia dell'anonimo. Ora la colpa è su di lui, che proprio ora sta tornando ignaro dal bosco, e vede tutti che fanno le valigie. *"Cosa state facendo? Perché ve ne andate?"* "Fai anche il finto tonto? Ringrazia che non ti denunciamo, o peggio. Sparisci." L'anonimo è stranamente calmo. *"Non andate da nessuna parte. Siete tutti miei prigionieri. Questa cosa andrà come voglio io"* Enormi mura si attorcigliano nell'aria, inglobano la casetta e il paesaggio circostante, fino a chiudersi su sé stesse. L'aria è buia. Il respiro dei presenti si fa pesante. *In un modo o nell'altro voleremo da quella scogliera, ve lo assicuro.* Lo guardo dritto negli occhi "Hai perso. La storia che cercavi di ricreare non c'entra nulla con questo. Hai fallito, e fallirai ancora. Guarda." Mentre finisco di parlare, inizio ad alzarmi.

Cresco, come una quercia rampicante. Mi slargo, mi snodo. Sono un gigante di quindici metri, con tre teste e molteplici braccia. E inizio a colpire le mura, a spallate. La roccia trema. L'anonimo urla di rabbia. *Va bene allora, facciamo a pezzi questo mondo.*

Si trasforma in un enorme ragno di fuoco, nero e rosso, con decine di occhi e tenaglie affilate. Dalla terra iniziano a spuntare cavallette grosse come auto da corsa. Mi frappongo tra loro e gli ormai ex abitanti della casetta, alcuni svenuti, altri in uno stato di trance. Mentre la bestia si avvicina con le sue zampe carbonizzate, le cavallette friniscono imbizzarrite, pezzi di mura di tre tonnellate cadono al suolo, mi preparo alla battaglia. Poi, dal nulla, una voce

"Scusate, permettete una parola?" Cosa? Tutti si fermano, allibiti. Una figura si sta avvicinando, da chissà dove. Siamo paralizzati dalla sorpresa. Cammina tranquillamente in mezzo ai mostri, arriva fino a me e al ragno colossale. E sei tu. Si, proprio tu che leggi questo libro. "Mi presento" hai detto "sono un lettore. Anzi, probabilmente il vostro unico lettore. E sono qui proprio per questo: cosa state facendo? Che roba è questa? Tu e l'anonimo fate tanto gli onnipotenti, ah io creo mondi, io ho il potere, manipolo la realtà divento gigante… ma oh! Non l'hai ancora capito che senza di me, il lettore, tutto questo mondo nemmeno esiste, se non nella tua testa bacata? Senza di me questa storia è un groviglio di idee che rotola nel nulla, come una balla di fieno nel deserto. Se io chiudo questo libro, e ti assicuro che al momento ne ho molta voglia, di tutto questo sfacelo rimani solo tu.

Trovate il modo di rendermela un po' più interessante e un po' meno megalomane, e proponetemi una continuazione migliore, altrimenti addio guerra dei mondi e scontri titanici. Ho cose molto più utili da fare io, piuttosto che stare ad ascoltare i vostri deliri di onnipotenza". Mentre parlavi, tutto tornava alla normalità: niente cavallette, voragini, solo un tranquillo boschetto in Liguria. Beh, che dire. Io e l'anonimo ci guardiamo, incerti sul da farsi. *"Ehi senti, non saltiamo a conclusioni affrettate. Adesso ci mettiamo d'impegno e pensiamo a qualcosa di più valido"* "Cosa preferiresti? Un crimine? Un'esplorazione esotica? Un poema?" E tu: "Bè, così su due piedi…" *"Che ne dici di una storia incentrata su di te?"* "Ottima idea! Ti piacerebbe essere protagonista? Decidiamo tutto insieme, e poi ti buttiamo nella mischia, alla vecchia maniera. Eh?" "Insomma, perché no? Potrebbe essere un'idea" *"Ottimo, questo è lo spirito giusto! Allora, cosa ti piacerebbe? Un po' di avventura?"* "Sì, quella ci vuole" "Ma certo, ma certo, e magari anche un po' di suspence, tensione, l'eterna lotta bene-male?" "Si dai, perché no?" "Ti scoccia se non entriamo nel romantico? È un settore veramente abusato..." "Ma no, ma no, anzi sarebbe un po' imbarazzante" "aaah andiamo bene, sarai protagonista di un vero e proprio kolossal della letteratura! Ora lasciaci un attimo soli che ci accordiamo su alcuni dettagli, e poi ci siamo" "Prego, prego, fate pure".

Guardo l'anonimo "Sei pronto?" *"È l'unica cosa da fare"* "Allora andiamo". "Siamo pronti! Vieni pure! Abbiamo per te una storia eccezionale, che vivrai in prima persona. C'è solo un dettaglio da mettere a posto" "Sarebbe?" *"Bè vedi, visto che noi stiamo creando una storia solo per te, e che il rapporto lettore-scrittore è comunque un rapporto professionale ai sensi dell'Art. 1289 comma sedici del codice Alibabà e i sessanta esattor..."* "Vieni al punto" "Il mio collega voleva solo dire che vorremmo avere una piccola assicurazione, un piccolo pegno in cambio del lavoro che ci apprestiamo a compiere per te. In pratica, dovresti prometterci che, con i tuoi tempi, i tuoi ritmi e tutto il resto, questa storia che ora ti proporremo la dovrai leggere tutta. Solo per rispetto del lavoro che faremo per te."

Stai ancora leggendo, e quindi significa che hai risposto, almeno nella tua testa. E che la risposta poteva essere qualcosa come: "Bè, se ne vale la pena… capisco… non è troppo lunga, vero?" ***"Nooo no"*** "Ma no, anzi" "Allora va bene. Ora, questa storia?" "Subito"

CAPITOLO 1

Vendo case e appartamenti. E lo faccio da un bel po' di anni. Qualche giorno fa ricevo una chiamata, una donna ha appena ereditato questo bilocale da un lontano parente, e vorrebbe trovare il modo di farci dei soldi, vuole sapere quanti. Vado a vedere e, come faccio sempre, mentre cammino faccio una valutazione rapida della zona, condizioni del condominio eccetera eccetera. E non mi conforta quello che vedo, per nulla. Il quartiere è grigio, triste, ci passa un autobus se va bene, il portone non ha citofoni né portineria, le scale sono buie e tutto il resto. Sembra tutto disabitato, o forse vorrebbe esserlo. Prima…

Ops. Pare che tu sia costretto/a a tornare all'inizio di questo libro, e poi ricominciare, e ricominciare, e ricominciare. Ce l'hai promesso, ricordi? "Tutta la storia". Così ci terrai in vita per sempre. Come dici? Non è la storia che ti avevamo promesso? Ma sì invece, controlla. C'è tutto. E sei

anche il protagonista, l'hai detto tu che sei indispensabile, senza di te

non esiste nulla eccetera eccetera. A me questa sembra la descrizione di

un protagonista. Che ti serva di lezione. Mai combattere uno scrittore nel

suo territorio. Addio. Andiamo a creare una nuova trama per poi

devastarla con intrecci e duelli senza senso? *"Non vedo l'ora. Addio*

caro lettore".

APPENDICE PRIMA : UN CAMION E UN BAGNO NEL MIELE

Sistemata la fastidiosa faccenda del Lettore, mi accorgo che ormai quella storia era troppo confusa. Già di per sé era piuttosto criptica, poi l'Anonimo, il Lettore: troppe intrusioni, troppo casino, bisogna schiarirsi le idee. Spengo il PC ed esco di casa, è sera ormai. Una sera come le altre. E mentre le ombre della città colano per le strade semideserte, come una silenziosa inondazione, ecco l'illuminazione. Perché essere uno scrittore? Perché essere un uomo? Io voglio essere un'ombra. Incorporea, multiforme, silenziosa. Che belle, le ombre. Ma come coronare il mio sogno? Non sono certo così ingenuo da credere a certe favole, io voglio risultati concreti. E proprio qui, in questa stessa strada ormai invasa dal buio, ecco la seconda illuminazione della serata.

Chiamo con urgenza un'autopompa e mi sdraio per terra, a pancia in giù. Il camion mi schiaccerà dolcemente, facendo aderire il mio corpo all'asfalto ricolmo di ombre meravigliose, e diventerò parte di esse, passando dal mondo reale al regno della notte. Il mio corpo sarà un tutt'uno con il buio sopra l'asfalto e diventerò un'ombra, un essere fatto di oscurità. Aspetto, trepidante. Per un po' nulla, poi un rumore sempre più forte: il motore. Il camion. Lo sento dietro di me, a sirena spianata. Un fracasso gioioso, un carro trionfale. Luci sempre più forti, motore, sirena che urla disperata. E poi, buio. La prima cosa di cui mi accorgo è che sono molto più piatto del solito. Per dirla in altro modo, sono adesso all'asfalto.

Non posso alzarmi, solo muovermi in due dimensioni, destra, sinistra, avanti, indietro. Come uno straccio che si sposta su un pavimento. Però mi muovo come in un fluido, rapido, silenzioso. Punto dritto verso un muro e improvvisamente mi ritrovo in verticale. Il mio busto (non so se posso chiamarlo tale) ora è appiccicato al muro, le gambe orizzontali sulla strada. Salgo ancora ed eccomi sul muro. Sono un'ombra. L'unica ombra senza controparte reale. Posso prendere ogni forma e muovermi ovunque ci sia buio. Salgo su cornicioni, grattacieli, alberi. Libertà, meraviglia. Leggerezza. Sono due occhi enormi per le strade, un lupo che corre lungo i tetti delle case. Un'immensa nuvola nera che abbraccia interi quartieri, che è parte di ogni angolo. E poi, l'alba. E subito rimango abbagliato.

Ma non è una sensazione positiva, è un abbaglio doloroso, fastidioso. Abbagliato, abbacinato, paralizzato. Corro, alla cieca, fino a imbattermi in un angolo di buio sotto un lampione. Subito prendo quella forma, occupo tutto il poco spazio disponibile. Ma è poco, molto poco. E non essendoci altra ombra nei dintorni, non posso spostarmi. Il tempo passa lentissimo e il mio territorio si espande a poco a poco, mano a mano che il sole si alza. Irritante, e poco stimolante. Capisco quasi subito che questo lampione, o almeno quel poco di ombra che c'è sotto, sarà il mio domicilio almeno fino a sera. Che noia, che barba, e che noia. Per un po' osservo i passanti, ma non sono di nessun interesse. Mi spingo fino al limite, alla punta dell'ombra, provando ad attaccarmi a quella di un passante, di una macchina. Mi andrebbe bene qualsiasi cosa. Ma nulla. Dopo ore interminabili, finalmente sera. Indolenzito, inizio a muovermi per la città: finalmente le ombre aumentano, si intrecciano, creano ponti attraverso cui posso scivolare, prendendo la loro forma. Corro lungo ombre di ringhiere, mi attacco a quella di una macchina appena questa si sovrappone alla mia, poi a quella di un passante, un tram, un flusso continuo di movimento e opportunità. E poi, la notte.

Il momento di massima libertà e creatività. Dove c'è buio, cioè quasi ovunque, posso prendere la forma che preferisco, muovermi a grande velocità lungo le strade, sui tetti, nelle gallerie, nelle case. È qui che faccio la scoperta più strabiliante: non sono solo. Mentre mi aggiro euforico e senza meta, sento della musica provenire da un luogo imprecisato nel buio. Non è la musica di un locale, non è una musica umana. Sono come note sussurrate, sibilate, impercettibili variazioni di suono, che però hanno un fascino irresistibile. Le sento correre, espandersi lungo i muri, poi restringersi, poi crescere ancora. Inizio a correre inseguendo quelle note e mi trovo in una grande piazza, completamente deserta all'apparenza. E là, le vedo.

Centinaia, migliaia di ombre, come sono io, che cambiano forma, ballano, corrono sui muri, sul pavimento. Tutte sussurrando, in modo quasi impercettibile. Su un muretto vedo suonatori con strumenti sconosciuti, che emettono quei suoni misteriosi. Sopra di loro un barista su un bancone d'ombra serve decine di persone, facendo scivolare bicchieri nel buio sotto le finestre di una casa. Mentre osservo questo spettacolo, capto il discorso di un'ombra che è appena arrivata correndo da un vicolo. Sussurra, ma si sente perfettamente in tutta la piazza. "Avete sentito? È stata avvistata un'ombra che si muove anche di giorno!" "Cosa?" "Impossibile" "Ci sono decine di testimoni: si muove, corre attraverso le altre ombre, cambia forma continuamente anche prima che sopraggiunga il Buio Totale. Pare che sia un uomo, che è diventato ombra." Segue un brusio sconcertato, finché da una poltrona situata lungo una stradina secondaria si alza un'ombra imponente, di forma umana, e tutti fanno silenzio. "Amici" comincia con un sibilo rauco, profondo. "Peccherò di scarsa originalità, ma voglio dirvi una cosa: la vita dell'ombra è una vita triste, incompleta. Di giorno, siamo costretti a seguire il nostro padrone, ovunque. Ogni nostro movimento dipende solo da lui e dal sole. E già sono fortunati coloro che si trovano a essere l'ombra di un uomo, o di una macchina. Quelle delle piante, o di un ciottolo dimenticato sull'asfalto, conducono una vita di ristrettezza fisica e di mortale banalità. Solo nelle poche ore in cui tutto è buio, nel Buio Totale, ci è concesso di muoverci, svagarci, divertirci, ma prima dell'alba già dobbiamo correre presso il nostro domicilio, prima di essere lobotomizzati dalla luce e diventare ombre non-pensanti, semplici macchie sull'asfalto. Come Capo di questo Distretto, io vi dico: se tutto questo è vero, se un essere con queste capacità è giunto nel nostro mondo, deve essere catturato e studiato dai nostri scienziati.

Se egli è un uomo, ed è divenuto ombra, perché non può essere fatto il contrario? Forse si può trovare un modo per farci prendere possesso del corpo dei nostri padroni, ponendo fine alla nostra frustrazione. La caccia è aperta, signore e signori". Urla di approvazione, poi un confuso sussurrare e muoversi. Chi cambia forma, chi si guarda in giro, chi invece guarda con sospetto i vicini, pensando che tra di essi si nasconda quell'essere, che naturalmente sono io. Ma non mi preoccupo più di tanto: chi potrebbe scoprirmi? Basterà fingermi un'ombra qualunque e stare fermo di giorno, non dare nell'occhio. Si credono dei grandi cacciatori, mi vogliono catturare, come una bestia selvatica. Ma pensa te. Catturare e studiare, come se fossi una specie sconosciuta di opossum. Poi, mi viene un'idea. Propaganda.

Inizio a fermare ombre vicine a me e sussurrare "Amico mio, facciamo attenzione: ho sentito dire che è un essere estremamente crudele. Chiude le ombre dentro dei barattoli, e le porta con sé per poi abbandonarle alla luce del sole. Le allunga a dismisura per farne sciarpe, le storpia, le ipnotizza convincendole a combattere le une contro le altre" "Avete sentito? Io me ne vado!" "Sciarpe? Che crudeltà" "Non voglio finire in un barattolo!". La mia strategia sembra sortire gli effetti sperati, ma poi capita un imprevisto. L'ombra imponente si alza di nuovo e prende la parola "Amici, dimenticavo: per farci coraggio, cantiamo l'inno del Distretto prima di andare!" Ho l'impressione di cogliere un tono vagamente minaccioso, come se fosse consapevole della mia presenza

. "Naturalmente, e lo ricordo per i più sbadati, l'inno va cantato con un sussurro stentoreo, fermi e saldi, nel corpo e nello spirito! Allora cominciamo." I musicisti attaccano a suonare e si leva un coro di voci: sono nei guai. Tutti cantano "Siamo le ombre del Distreeeetto Uno..." e io subito "....eeeetto Uno..." Cerco di intuire la melodia, sentire e ricordare il testo. Continuano "Siamo i padroni quando il cieeelo è scuro..."

"…ehm..Uroo…" I vicini iniziano a guardarmi male. Si crea trambusto intorno a me, la gente sussurra alle mie spalle, mi guarda, mi scruta. Io l'inno non lo so, e sto perdendo la concentrazione. Devo tentare il tutto per tutto: mi fermo, tiro fuori il sorriso più rassicurante di cui sono capace, e sussurro "Amici, perdonatemi. Mi vergogno della mia mancanza, ma sono un po' ubriaco, e al momento le parole dell'inno proprio non le ricordo. Permettetemi di allontanarmi un attimo per schiarirmi le idee. Di sicuro non tornerò al bancone del bar!" Tento una risatina strozzata.

 Cala il silenzio, la band si ferma. Li avrò convinti? Il Capo del Distretto si avvicina. "Ho sentito bene, amico? Sei…ubriaco?" "Si, e me ne vergono" "Sei stato al bar eh?" "Eh sì, anche troppo!" "Beh insomma, nulla di grave…" sospiro di sollievo, mi sta per voltare le spalle "se non fosse che…" il sussurro ora è strano, vibrante. È più vicino, più grande, se ha degli occhi sono sicuramente fissi nei miei. "Se non fosse che noi ombre non possiamo ubriacarci. A dirla tutta, non beviamo e non mangiamo, abbiamo bar e ristoranti solo per imitare la vita umana. Non abbiamo papille gustative né organi. Siamo ombre. E, a questo punto, direi che tu non lo sei

Appena finisce la frase, slancia un enorme arpione fuori dal braccio, provando a prendermi. Mi allungo, mi stringo, ed evito il colpo, poi inizio a correre a perdifiato lungo i muri. Dopo qualche secondo di sorpresa, le ombre si sono organizzate: alcune mi corrono dietro, allungandosi con artigli, mani e ali d'ombra, altre cercano di tagliarmi la strada, altre di precedermi per mettere a punto delle trappole. Io mi divincolo, cambiando continuamente forma, per sfuggirgli e diventare meno visibile. Attraverso un parco, un ponte, con centinaia di ombre alle calcagna, come una tempesta di buio brulicante, un unico essere con cento mani e mille piedi. Mentre corro, inizio a pensare: io sono l'unica ombra senza padrone, perché con grande previdenza il mio corpo è stato piallato insieme alla mia ombra da quel camion, tutto insieme. Dunque in me c'è ancora il mio corpo reale, umano. Chi mi dice che io non possa tornare nel mondo tridimensionale, semplicemente provando ad alzarmi? Non ci ho mai provato, occupato com'ero a esplorare le mie nuove capacità. Svolto improvvisamente in una viuzza secondaria, mi metto al riparo. E ci provo.

Sono per terra, e spingo in alto con tutte le mie forze. Voglio emergere da quel marciapiede, respirare aria pulita, tornare nel mondo. Mi sforzo, spingo fino a scoppiare. Ma nulla. C'è come una barriera, pesantissima, fortissima. Non ce la posso fare. Non tornerò mai alla mia vita, sarò costretto a vivere così, braccato dalle ombre, in un mondo senza colore, senza sapore, senza vita? Li sento arrivare, devo correre.

Corro alla cieca, disperato. Ormai mi stanno alle costole. Ma forse, e dico forse, ho ancora una possibilità. Salgo sopra un grattacielo, altissimo, fino sulla punta. Vedo tutta la città da qui, un'enorme massa nera rotta da tante piccole luci. Sento i miei inseguitori che stanno scalando dietro di me, è finita. "Fermati, ti abbiamo preso" "No, non ancora. Voglio parlare con il Capo" "Sono qui, cosa vuoi?" "Io conosco il modo per farvi diventare uomini e padroni. Ma se non mi date quello che voglio, io rimarrò esattamente qui. Tra pochi minuti spunterà l'alba, e io rimarrò qui a farmi bruciare, e non saprete mai i miei segreti. State indietro" Le ombre sono confuse. Il Capo riflette. "Va bene allora, cosa vuoi?" "Il confine tra questo mondo e quello umano non è che una solidissima barriera, che io solo ho il potere di spezzare. Ma per farlo devo esserci molto vicino, e avrò bisogno di tutti voi. Tutti. Subito" Il capo emette un sibilo penetrante, e pochi secondi dopo ci troviamo tutti su una strada, la stessa nella quale mi ero trasformato in ombra. "Dovete mettervi tutti sotto di me, e al mio segnale spingere in alto. "In alto? Ma non ha senso" "Fidatevi" Resto fermo in mezzo alla strada, e tutte le ombre si mettono nel mio stesso punto, una sovrapposta all'altra. "Pronti? Spingete!" Sento un sussurro unico, sincronizzato, ed un'enorme forza che mi spinge in alto, e spingo anche io verso l'alto.

E, impercettibilmente, inizio a salire. Salgo pianissimo, e sento di stare penetrando una specie di fluido pesante, pastoso. Come emergere da un bagno nel miele solidificato. Sapevo dall'inizio che solo io avrei potuto farlo, essendo l'unico dotato di un corpo, ma non se ne devono accorgere, o smetteranno di spingere e rimarrò una specie di busto incollato al terreno, che si muove scivolando tra le ombre della notte. Ecco, meglio di no. Piano piano la mia testa fa capolino dal mieloso mare d'ombra sottostante, poi il busto. "Spingete, sento la barriera che scricchiola!" Ormai sono quasi totalmente fuori, quando le ombre iniziano a sussurrare "Ehi, sta uscendo solo lui! Traditore! Tiratelo giù!" Mi rimane una gamba da far emergere, e tiro con tutte le mie forze. Sembra come impantanata nelle sabbie mobili, e sento mani fredde, viscide che mi tirano, si aggrappano. Scalcio, mi dibatto. Non voglio essere trascinato nel buio. E, proprio quando sto per cedere, l'alba. Le mani si staccano, doloranti. Urla sussurrate si spargono nell'aria. "Ti troveremo" "Tornerai nel regno delle ombre". Torno a casa come in trance, e mi sembra che ogni ombra per strada si allunghi per prendere la mia, per catturarla e tirarmi dentro con lei. Corro a zig zag fino alla porta, mi butto nel letto e dormo con la luce accesa, così che

nessun'ombra possa toccarmi, a parte la mia. Ma i sussurri, la notte,

sarà difficile farli smettere

APPENDICE SECONDA: IL PESCATORE DI NUVOLE

Mettiamola così, invece di schiarirmi le idee ho solo rimediato qualche

incubo in più. Non bene. Serve rigenerarsi. E magari andare alla ricerca

di qualche bella storia vera da raccontare, sì la vita vissuta fa sempre un

certo effetto. Invece di continuare a rimestare le idee nella mia mente

perché non andare fuori, a svagarsi un po', cambiare orizzonte e scovare

una storia nuova di zecca e già bella e pronta nella realtà? Una bella gita

in campagna, ecco quello che ci vuole.

Salgo sul primo treno disponibile e cerco una stazione con un nome che

mi sembra adatto come scenario per la mia nuova storia di vita vissuta. Si

tratta di un paese molto piccolo, dominato da una ripida collina. Proprio

sulla punta vedo una casetta. "Scelta eccentrica" penso. "Promette bene:

sicuramente dietro c'è una storia che aspetta solo un bravo scrittore per

essere trasformata in un capolavoro. O alla peggio, farò qualche foto

panoramica".

Arrivo in cima. Busso alla porta. Nessun cenno di vita. Busso di nuovo. Nulla. Sto per andarmene, quando la porta si apre, piano piano. E ad aprirla è un uomo anziano, vestito sobriamente. Mi guarda senza dire niente, con due occhi che non avevo mai visto: di un azzurro lieve, accennato, con pupille come avvolte dal fumo, biancastre. Per la sorpresa nemmeno io so cosa dire, sono ipnotizzato dal suo sguardo. Balbetto un "Ch...chi è lei?" e lui, senza emozione nella voce "Io sono il pescatore di nuvole". E richiude la porta. Stordito, scendo in paese, entro nel primo (e unico) bar, ordino qualcosa a caso. Poi chiedo subito al barista "Chi è il pescatore di nuvole?" Lui mi dà una lunga occhiata.

"Sei stato da Pietro vero? Non è una storia felice. Anni fa era un abitante del paese, aveva un negozietto e ci lavorava con sua moglie, Anna. Si erano conosciuti da bambini, fidanzati quando lui aveva tredici anni e lei dodici, e sposati a venti. Sempre insieme. Noi un po' lo prendevamo in giro, Pietro, perché se veniva al bar era per qualche decina di minuti, poi correva a casa da lei. Non riuscivano a stare separati, quei due. Ma gli volevamo tutti bene, erano bravissime persone. Finché un giorno di tanti anni fa, andarono a fare una passeggiata sulla collina dove sei salito tu. All'improvviso, l'uragano. Il più grande uragano che abbiamo mai visto, ci abbiamo messo anni a ricostruire tutto. Lampi, trombe d'aria, il cielo urlava e lanciava di tutto. Sembrava l'Apocalisse, glielo posso giurare. Io ero in casa con la mia famiglia, e per poco il vento non ci strappava il tetto da sopra la testa. E là, sulla collina, nessuno sa cosa sia successo con esattezza, ma di sicuro Pietro fu ritrovato dai soccorritori da solo, svenuto per terra e con un trauma cranico. Riusciva solo a dire "Le nuvole, le nuvole. L'hanno rapita le nuvole. Anna, Anna, le nuvole".

Per mesi rimase in ospedale, non parlava con nessuno. Ripeteva solo quelle stesse parole "Anna, Anna, le nuvole". Aveva incubi terribili, veniva sedato, non mangiava. Poi, piano piano, iniziò a riprendersi. Gli stavamo tutti vicino, gli facevamo visita, mandavamo avanti il negozio a turno. Fissò la data per il funerale della moglie, e quel giorno, davanti alla tomba (vuota, perché il corpo non fu mai ritrovato) e a tutto il paese, parlò così: "Quel giorno, l'uragano ha portato via la mia Anna. Me l'ha strappata dalle braccia, mentre provavo a trattenerla, e l'ha rapita. Il tornado l'ha presa, i lampi mi hanno abbagliato nascondendomela, i tuoni hanno coperto le sue grida di aiuto. Mi sarei lanciato nel vuoto per prenderla, o almeno per seguirla, ma un sasso mi ha colpito. Lei è stata portata su, e nascosta, da quelle maledette nuvole, ma io la riprenderò. Lo prometto a te, Anna, e a tutti voi."

Sul momento, pensavamo fosse una metafora. Ma non lo era. Dal giorno dopo, in paese non c'era traccia di lui. Aveva messo in vendita il negozio, sgomberato casa sua, e di era trasferito su quella rupe, in quella baracca. Sta lì da anni, e nessuno ha ancora capito esattamente cosa faccia. Certe notti si sentono degli scoppi provenire da lassù, altre volte delle specie di cavi escono dalla finestrella e salgono verso l'alto come palloncini. Insomma, per farla breve: Anna deve essere morta in qualche crepaccio, pace all'anima sua, il povero Pietro è ammattito, e noi l'abbiamo lasciato alla sua follia, come è stato suo desiderio". Resto senza parole. Ma voglio saperne di più su quell'uomo. Decido di tornare alla casetta. Busso. Lui apre. "Scusi il disturbo, non le ruberò troppo tempo. Vorrei aiutarla se posso" "In che modo?" "Voglio imparare a pescare le nuvole".

Entro con lui. La casetta è piena, strapiena di roba. Due macchinari attirano la mia attenzione: uno è un lunghissimo e sottilissimo filo metallico, arrotolato su se stesso, con all'estremità una specie di palla uncinata. È collegato a una grossa manovella. L'altro è una specie di tavolo, da cui escono tubi che si intrecciano l'uno nell'altro. Con un filo di voce, l'uomo comincia a parlare, come se ragionasse tra sé e sé. "Da quando è successo, mi sono messo a studiare, sperimentare. Giorno e notte, e poi il giorno dopo ancora, fino a crollare a dormire solo per sfinimento.

 Ho scoperto come pescare le nuvole: in pratica, le nuvole sono magnetiche, cariche negativamente per l'acqua che portano: io non faccio altro che spargere nell'aria questa polvere, che rende l'aria più reattiva ai campi magnetici e crea le condizioni perfette per i miei scopi, poi sparo in aria il filo con quella palla che ha visto. La palla è un potentissimo magnete, riempito d'aria al centro: quando viene sparato, sale nel cielo e si "attacca" a una nuvola. Poi non devo far altro che tirarla giù con la manovella, come una canna da pesca" Non so se credere alle sue parole. Ma so che vorrei vederlo in azione. "Ma scusi, perché tutto questo? Perché?" Sospira, il suo sguardo si fa vacuo, ma luminoso. Il fumo nelle pupille sparisce per un secondo "In una di quelle nuvole lassù, c'è Anna. Io lo so. Deve essere ancora lì, e non sa come scendere. Ma ti tirerò giù vedrai, ti tirerò giù…" Questo è certamente meno credibile. Quasi sussurrando, gli chiedo "Potrebbe darmi una dimostrazione?" Mi guarda come se si fosse appena svegliato, come se non si ricordasse chi io sia o perché mi trovi lì, e poi dice "certo". Ci accostiamo alla finestrella, è una sera un po' ventosa, con qualche nuvola in cielo. Pietro prende un sacchetto pieno di una sostanza che mi sembra polvere, ma di uno strano colore, e inizia a lanciarla fuori. Poi, da dietro un mobile spinge fuori con fatica un vero e proprio cannone. Un piccolo cannone, che sembra avere

cinquecento anni. "L'ho rubato a una fiera medievale". Sistema la palla-

magnete nel cannone e mira a occhio, fuori dalla finestrella. "Quella lì,

quella lì, che si sta avvicinando..." Sto per guardare fuori per capire a

che nuvola si riferisca, quando parte il colpo. BWAM.

Per qualche secondo perdo il senso dell'udito, poi corro alla finestra con

un binocolo. La palla sta salendo per la spinta del cannone, ma poi,

invece di scendere, sale. E sale ancora. Fino a quella nuvola.

Non credo ai miei occhi. Si ferma sopra di essa, gli uncini sono penetrati

all'interno e non si vedono più. Guardo Pietro: non sembra più un triste

vecchietto, è lucido, concentrato. Inizia a tirare con fatica la pesante

manovella, e proprio in quel momento, il vento comincia a crescere.

Mentre lui gira la manovella, il vento urla e sballotta la nuvola qua e là,

come se fosse essa stessa un animale che vuole scappare. Sembra il

Capitano Achab con una balena appena arpionata. La nuvola si muove,

tira. E lui, con una forza inaudita, resiste. Sembra fatto di ferro, tiene gli

occhi fissi sulla preda, come se volesse ipnotizzarla. Comincia a piovere,

poi i lampi. Pietro non molla. La casetta è ormai nel mezzo di una tempesta, inizio a preoccuparmi. E poi, quando penso che da un momento all'altro si arrenderà, Pietro comincia a recuperare il filo con forza ancora maggiore. A ogni centimetro guadagnato, mormora "Anna, Anna, Anna". È invincibile.

La nuvola tira disperata, si impenna, strattona. Ma si sta avvicinando sempre di più alla casetta. E infine, ci entra. E subito la tempesta inizia a perdere di intensità, mentre la carcassa della nuvola viene definitivamente portata a terra, riempiendo la stanza di una leggera nebbiolina. Pietro preme dei pulsanti sotto il tavolo, i tubi entrano in funzione: risucchiano parti della nuvola, altri fumi si spargono nella casetta, finché non rimane più nulla della balena-nuvola. Pietro è tornato triste. Sta per abbandonarsi su una sedia, poi però si illumina. "È l'ora del messaggio!" Tutto contento, gonfia un palloncino. Scrive qualche riga su un pezzetto di carta, lo mette in una busta con la scritta: "Per mia moglie Anna, la donna della mia vita". Lega la busta al palloncino e lo lancia fuori dalla finestrella. E quello sale, sale. Lui lo segue con lo sguardo, sorridendo, finché non sparisce tra le nuvole. Poi torna cupo. "Domani sono dieci anni che se ne è andata, e sempre domani sono sessant'anni di matrimonio" Si chiude in una cameretta. Io, mesto e pensieroso, resto a guardare fuori dalla finestra. A poco a poco, la notte sgocciola via.

Mi sveglio alla luce del mattino. Mi affaccio, è una splendida giornata. Ci sono tante nuvole in cielo, come tante pecore tutte rosa. Splendide. A dire il vero, ce ne sono moltissime. Ma veramente moltissime. E sembra quasi che si stiano avvicinando. Anzi, si stanno avvicinando. "Pietro?" Nessuna risposta. "Pietro?" Nulla. "Dovresti venire a vedere" Finalmente la porticina della camera si apre e lui esce, di cattivo umore. "Che c'è?" "Guarda". Guardiamo entrambi fuori. Sono sempre più vicine, sembrano un'enorme onda, dolcissima. Lui è senza parole, paralizzato. I suoi occhi sembrano aver preso il colore di quelle nuvole. Ci investe un vento caldo, profumato. Pietro ha le lacrime agli occhi. Trema. E poi, da quel mare di nuvole se ne distacca una piccola, sinuosa. Si avvicina, scende fluttuando davanti alla finestrella. E poi corre verso Pietro. Vi assicuro, vi assicuro che corre. E lo nasconde completamente alla mia vista. Pietro è dentro la nuvola, e piange. Non so che cosa fare, so solo che devo stare stare zitto. Poi, la nuvoletta torna indietro, esce dalla finestra. Pietro sussurra "Arrivo".

Poi, l'uragano. Scoppia dal nulla, fa tremare i muri. Guardo fuori: il resto del paese è al sole. Qui c'è l'Apocalisse. Pietro, emozionato, carica il cannone e lo punta nell'occhio del ciclone. Mi dà un ultimo sguardo, lo sguardo più felice, e dire felice è dire poco, che abbia mai visto, poi spara il colpo. BWAM. Appena il proiettile parte, lui taglia di netto il filo e si aggrappa per farsi trascinare via. Vola fuori dalla finestra e sale, sale. Ride, ride tantissimo. Pietro vola nella tempesta, la palla punta nel centro di questo cielo squassato dai lampi. Vorrei restare a guardarlo, ma sono costretto a uscire correndo dalla casetta e mettermi al riparo sotto una roccia, appena in tempo. La casetta viene divelta, sfasciata. Pietro ormai è sparito lassù.

Ho deciso che rimarrò qui per un po', in questo paesello, per vedere le nuvole che sorridono. Magari non è poi così importante scrivere una storia. Magari è più importante vivere.

CONCLUSIONE

La verità è che appena provo a smettere di scrivere, mi vengono in mente nuove storie. Cammino la sera, vedo un'ombra e mi parte tutta la faccenda. Guardo il cielo dal terrazzo e mi immagino subito Pietro e le sue nuvole. È come se non avessi un primo livello di lettura delle cose, ma passassi già al secondo o al dolce. Penso che la cosa migliore sia concludere degnamente il libro iniziale, o continuerò ad aggiungere quello che mi passa per la testa, fino a rendere questo libro un'accozzaglia di racconti, anche se in effetti già lo è. Comunque, è ora di finirla.

Torno al PC, prendo questo manoscritto, e riprendo la storia. Sono di nuovo sulla scogliera, in Liguria, con l'Anonimo, il gruppetto di persone, prima che iniziassimo a trasformarci in mostri e prima che tu te ne uscissi con le tue lamentele. Esordisco: "Ragazzi miei, qui bisogna concludere. Ho fatto un po' di macelli, un po' abbiamo avuto sfortuna, ma insomma bisogna tirare le fila. Qualche idea su come portare a termine il nostro viaggio?" "Potremmo fare come vuole l'Anonimo" "Ottima idea"

"Oppure potremmo fare un happy ending collettivo, una cosa disimpegnata" "No, concludiamolo a metà!" "Butta il libro nel fuoco!" Mentre siamo lì che discutiamo, noto che in camera mia ci sono molte ombre. È ovvio, siamo in tanti, mi dico. Ma hanno delle forme strane. E, all'improvviso, sento un sussurro "Ti abbiamo trovato, traditore"

Mi giro vero il muro. Centinaia di ombre, libere, senza padrone, sono lì sul muro, che mi guardano. Ma come è possibile? "Come è possibile? Siamo in un libro, tutto è possibile. Guarda, possiamo anche fare questo" Con orrore, vedo che le ombre stanno uscendo dal muro. Stanno entrando nel mondo reale, per prendermi. Sono nere, multiformi, spaventose. E sono solide. Tutti si girano verso il muro, iniziano a urlare. Dal muro stanno entrando nella stanza forme fatte di buio, serpenti, mostri, uomini. "Vogliamo il tuo manoscritto, traditore! Te lo ruberemo, così saremo pari dopo il tuo inganno" "Non lo avrete mai" Si avvicinano minacciose non so che fare. Mentre la più vicina sta per afferrarmi, viene investita da una vampata di fuoco, indietreggia, si sfalda sul pavimento. Mi giro di scatto: al posto dell'Anonimo ora c'è un enorme drago multicolore *"In questo libro ci sono anch'io"* ruggisce *"non fermerete i miei piani"* le ombre ora sono più caute, hanno capito di non essere invulnerabili.

Alcune rientrano nel muro, per studiare la situazione. Ma nell'aria si propaga un sibilo rauco che io ormai conosco "Non disperate amici, carica!" un granchio d'ombra alto almeno quattro metri entra nella stanza, sfasciandola del tutto, facendo tremare la terra con le sue zampe. È il Capo del Distretto. Si slancia contro il drago, e prima di essere abbrustolito da una fiammata entra nel muro, per poi far uscire solo le chele per attaccare. È rapido nell'entrare e uscire dal mondo reale, e le altre ombre seguono il suo esempio: corrono nei muri, nel soffitto, nel pavimento, e poi sbucano all'improvviso braccia, fauci, di tutto e di più. Io tengo stretto il manoscritto e provo a schivare gli attacchi, mentre i miei coinquilini vengono improvvisamente trasformati dall'Anonimo in tigri dai denti a sciabola, dai riflessi fulminei. Appena un'ombra fa capolino dal muro le staccano la testa con gli artigli. Ma le ombre sono troppe, ne escono a centinaia, in tutte le stanze.

Mentre cerco di scappare lungo un corridoio, un braccio si allunga dal soffitto e afferra il frutto del mio lavoro. "NO!" "Non lo rivedrai mai più, traditore!" Ma all'improvviso

"Scusate, permettete una parola?" Cosa? Impossibile. "Esatto sono proprio io, il vostro amato Lettore. Quando mi hai simpaticamente intrappolato in quel loop, pensavi che avresti lasciato invariata la storia, invece poco fa l'hai riportata indietro, più indietro di quando sono arrivato io. Così facendo mi hai liberato, e a quel punto è bastato leggere fin qui per raggiungerti. E non ti dico la fatica…sempre più sconclusionato. Comunque, visto che mi hai trattato così bene, ti faccio un regalo. Tutto questo finisce qui" Hai preso questo libro, che avevi in mano, e l'hai chiuso.

E' qui che hai smesso di leggere. La storia finisce qui, perché senza

Lettore, in effetti, lo Scrittore perde il suo scopo, e ciò che ha scritto

anche. E io non posso farci più niente. Spero che almeno troverai

qualche utilizzo creativo per i fogli del manoscritto, chessò farli

disegnare sul retro dalla tua sorellina che va all'asilo, o usarli per creare

con lei splendide statuette di cartapesta nelle domeniche piovose.

COSA SUCCEDE DOPO

Dunque, il libro era finito. Non come mi aspettavo, ma insomma era

finito. E adesso? Bè, adesso ci vogliono dei feedback. Critiche

costruttive. Dopo un'attenta selezione, propongo il frutto del mio lavoro a

pochi eletti, di cui per correttezza professionale non farò i nomi. Mi

limiterò a trascrivere qualche stralcio di conversazione.

ELETTO 1

"Mah si diciamo… non è male eh… però scusa non ha un minimo di

senso. Mi fai tutte le tiratone filosofiche, le acrobazie del pensiero, e di qui e di là, e poi chiudi tutto con un Lettore che chiude il libro?" "Ma non è colpa mia, l'ha fatto davver…" "Ma sì ma non c'è da vergognarsi, potevi dirlo tranquillamente, Non ho voglia di finirlo oppure Ho finito le idee, continuate voi". Così sembri uno che non ha finito di fare le pulizie e nasconde la polvere sotto il tappeto. Ma poi perdonami: mi fai tutte le cose pseudo-di-avanguardia, e la quarta parete, l'originalità, e poi mi tiri fuori la storiella del nonno delle nuvole? Quella aveva un finale che l'avevo previsto da ancora prima che parlassi col barista dai… cos'è, eri in vena di romanticismo? Per non parlare della rivincita finale delle ombre, il battaglione da fumetto dei supereroi. Pacchiano."

ELETTO 2

"Beh insomma, alcune idee sono carine, interessanti le scene d'azione…" L'eletto numero 2 mi parla guardando da un'altra parte. "Si, bello dai. Forse la storia d'amore del protagonista andava sviluppata meglio.." Storia d'amore? Eh? "Si si non male, forse i dialoghi sono un po' troppi, è un libro intelligente ma non si applica… fa bel tempo vero? Non ci sono più le mezze stagioni" Ma l'hai almeno letto o stai facendo finta? "…………" Ok perfetto.

ELETTO 3

"Io mi sono perso. Ma da molto anche. Parti con questi stralci senza criterio, mi turbano, non ne vedo il motivo. Mano a mano che va avanti si perde, si rigira su se stesso, cos'è un libro o la ricetta dei panzerotti? Poi sta faccenda dell'Anonimo che sei tu ma non sei tu e viceversa, e il manoscritto… ripeti troppe volte la parola "manoscritto", mi dà sui nervi. Ma non scrivevi al PC? E allora cosa c'è di scritto a mano scusami? Comunque almeno quella delle ombre era carina, se non fosse così confusionaria, e la storia dell'uomo nuvola almeno finiva bene, mi ha tolto un po' di angoscia"

Ringrazio gli eletti e torno a casa a riflettere. E inizio a fare una cosa che non avevo mai fatto prima: rileggo il mio libro, per la prima volta. E sono molto confuso. Non mi convince, poi mi convince, poi no. E se dovessi cambiarlo? È pronto per essere letto? Può piacere? Ho scritto tutto quello che volevo scrivere? Vorrei aggiungere qualcosa, tante cose. Mi vengono in mente fiumi di pietra, candele fantasma, un mondo fatto di mani… voglio parlare delle stelle, dei sogni, di linguaggi segreti. ho trasmesso qualcosa di vero? C'è tanto che avrei voluto esprimere meglio, ma a parole è così difficile. Le parole a volte sono sabbie mobili, ti rallentano, si bloccano, risucchiano il tuo discorso e le tue idee. Vorrei aggiungere musiche, far diventare tutto questo una grande sinfonia, un graffito, un'onda. E ci sono alcune parti superflue, devo lavorare. Assolutamente. Ma prima mi concedo una passeggiata.

L'UOMO DI VETRO

Esco di casa, giornata grigetta, prendo un tram a caso. Mi siedo. Ma c'è uno strano rumore, un brusio. Nessuno mi sta guardando, perché nessuno mi sta guardando? Cioè è normale, ci mancherebbe, ma sembra che tutti mi stiano evitando con lo sguardo. Coincidenza, cortesia, o c'è un proposito? Le schiene girate verso di me mi danno l'impressione di essere osservato, come fossero coperte di occhi. "Pspspsps…vuole fare lo scrittorpspspsps…hahhahaha" Come? Ho sentito bene? "…guarda come ancora spera di riuscirpspspsps…" I mormorii sembrano uscire direttamente dai bulloni, dalle rotaie, dall'aria che mi circonda. "ahahahahapspssppss…hhahaharidicolo…" Ne ho abbastanza. Mi concentro solo sull'udito, voglio capire.

Sono sicuro, sicuro che la signora davanti a me, girata di schiena, si prende gioco di me con la sua vicina. Con cortesia, ma anche decisione, vado verso di lei e le tocco leggermente la spalla: "Scusi! Sarebbe così gentile da spiega…" Mi pietrifico. La signora si gira, e al posto della testa ha l'enorme, viscida testa di un tarlo. Mi fissa, con le tenaglie spalancate, lunghe antenne, occhi come neri grappoli d'uva. La sua vicina è uguale a lei. Gli altri, tutti, anche. La sua voce crepita, ha la voce di un ramo

"Scommetto che il tuo libro ha un buon sapore…" gocce di saliva le

scendono dalla bocca, le zampe sotto il vestito iniziano a muoversi verso di me. Caccio un urlo dal fondo della mia gola, prendo a pugni la porta, devo uscire ho paura. Si apre. Corro. Mentre scendo do un'occhiata dentro: tutti guardano me: occhi, umani, persone, umane, un po' infastidite, un po' curiose. La signora sembra anche un po' preoccupata. Scappo via. Ma cosa mi è successo? Ho mangiato pesante? Sono stressato, questo è sicuro. Dai forza, questa passeggiata. Ma più persone ci sono, più il brusio si moltiplica. "pspsppss…ma chi si crede di esspspsp…" "pspssppsì giovane così montato…" Percepisco movimenti irreali, dita si tendono contro di me, indicandomi, poi spariscono, poi ritornano. Scalcio, mi divincolo, sembro attaccato da uno sciame di vespe.

Guizzi, mosse, voci, di tutto. Dita mi si conficcano nella schiena, come l'agopuntura. Mani che stringono l'aria, poi volano indietro. Non ce la posso fare, devo tornare a casa. Torno sui miei passi, ci sono quasi. Vicino a casa mia c'è un gruppetto di persone sedute su una panchina, parlano tra loro. Oh no, sono qui per me. Mi odiano, mi aspettano. Ma no, cosa dici, nemmeno li conosci. Dagli il tempo di conoscerti prima, no? Dai che in quattro passi li superi e sei a casa, nemmeno si accorgeranno che sei passato. No, è un agguato. Ma no. Ma si. Dai muovi un passo. Ora un altro. Cammino velocissimo, rasente al muro, guardando il gruppo con la coda dell'occhio.

Tutto bene, tutto bene, tutto ben, uno alza lo sguardo "Scus…" "No!" Corro per salvarmi la vita e giro l'angolo. "…a ce l'hai un accendino? Ellalà che fretta". Sono salvo. No, sei un imbecille. Hai fatto la figura del folle, e quello voleva solo un accendino. Ma che ne sai? Che ne sai? Intanto ho portato a casa la pelle. Dai mi sembri Hemingway quando pensava di essere pedinato dall'FBI. Infatti poi si è scoperto che era vero! Un punto per me! Ha! E tu hai davvero pensato ad un paragone tra te e quell'uomo? …Ok niente punto per me. Ora a casa. Chiudo la porta, salgo in camera. Cosa mi sta succedendo. Parlo da solo, vedo uomini-insetto, ho le manie. Qui non c'entra aver mangiato pesante, a meno che qualche burlone al supermercato abbia scambiato i funghi con quelli allucinogeni. Ma tenderei a escluderlo. In ogni caso, non va affatto bene, cosa posso fare?

Mentre cammino per la stanza, inizio a percepire una presenza. Una presenza familiare, ma allo stesso tempo estranea. Mi giro di scatto: davanti a me ci sono due occhi, rossi, fissi nei miei. È una specie di uomo invisibile, anzi un uomo di vetro, i cui contorni sono appena appena visibili in controluce. Quegli occhi però sono visibili eccome, e sono sempre fissi nei miei. Ma, ripeto, mi è familiare, in un certo senso non mi preoccupa affatto. "Cosa vuoi? Cosa mi sta succedendo?"

 Per tutta risposta, l'uomo di vetro fa un cenno con la mano, mi invita a seguirlo. Saliamo su un altro tram (anche se avrei evitato) stavolta completamente vuoto. Ad un certo punto, si solleva da terra. Attaccato ai cavi elettrici, inizia a descrivere un cerchio attorno ad essi: si solleva verso sinistra, sale, sale, si capovolge completamente una volta sopra di essi, sospeso in aria come un enorme palloncino, e poi ridiscende a destra. Ma né io né l'uomo di vetro percepiamo alcuno spostamento. Il tram si posa a terra, e sembra tutto come prima. Scendiamo. Mi correggo: non è come prima. Sarebbe esattamente come prima, se non fosse che intorno a me, a parte alcune figure incorporee, evanescenti, sono tutti identici a me, e hanno occhi rossi come l'uomo di vetro. "Dove

sia…" "Benvenuto nel Regno del Tuo SuperIo" risponde allegro con la

mia voce. "Ehm…cos…"

"Questo mondo esiste ovviamente nella tua testa, è la tua coscienza. È il

regno della perfezione. Qui tu non sbagli nulla, mai, in ogni situazione. È

l'ideale a cui tu tendi. Qui ci sei tu, in ogni situazione, possibile, e in ogni

situazione fai la cosa giusta, anzi perfetta. Tu inconsciamente guardi qui,

in questo mondo, quando pensi a cosa devi o dovresti fare, quando ti

rammarichi perché hai sbagliato qualcosa, rifletti sul tuo comportamento

eccetera. Qui c'è la tua versione migliore, una versione che nella realtà

non esiste, ma a cui ti puoi avvicinare. Questa è un'enorme fabbrica di

divieti, ingiunzioni, ispirazioni, in perenne cambiamento. È un set

cinematografico che ti mostra come dovrebbe essere la tua vita in ogni

frangente. E io sono il capo, il regista, il tuo SuperIo. Trasparente,

limpido, inarrivabile. Gestisco tutto io qui, sono il tramite tra il mio mondo

e il tuo.

Là dietro invece, dietro quelle mura di cristallo, c'è la terra degli Altri. Ma non ne parliamo che mi viene il ribrezzo. Comunque, poche ore fa ti ho inviato dei segnali, quelle allucinazioni, per provare a farti ragionare, e poi ti ho fatto venire qui. Mi sono messo in contatto diretto con te perché sono preoccupato: cos'è questa storia? Vuoi scrivere un libro? Il tuo libro è tutt'altro che perfetto" "Ma certo, ci mancherebbe" "Eh ma scusa, non va bene. È pieno di errori, ci sono tante cose che non vanno, non è solido, non si avvicina nemmeno a quello che ci immaginiamo qui. Non piacerà a nessuno, sembrerai ridicolo" "Ma perdonami, ripeto, ci mancherebbe. E poi, anche se ne avessi la possibilità, che noia un libro perfetto. Sembrerebbe finto, inanimato. Scrivere è quanto di più umano si possa fare, è unico, personale. Come può essere perfetto? Non deve. E poi bisogna provare nella vita, sbagliare. Non è che puoi startene in una torre di cristallo ad aspettare la perfezione, sennò ammuffisci"

"Oh, che belle parole, sembrano le frasette dei Baci Perugina. Apri gli occhi: tu stai investendo tutte le tue energie in un progetto fallimentare, imbarazzante, inutile. Ma pensi pure che verrà pubblicato? Sarà una delusione in ogni caso e non ne vale la pena, io lo faccio per te" "No senti, non ti offendere, ma intanto mi inquieta discutere con uno con la voce uguale alla mia, e in più ti dico un'altra cosa: mi devi lasciare un po' in pace. In questi giorni vedrò cosa fare del mio libro, ma non è che puoi farmi impazzire per questo. Una donna-tarlo, le voci, ma ti sembra educato? Cafone. Dammi tregua. Detto questo, è stato un piacere, ora rifacciamo l'hula-hoop con il tram e fammi tornare a casa"

L'uomo di vetro non molla "No, cerca di ragionare, ti prego. Resta qui qualche giorno, guardati intorno, e poi decidi. Ma non puoi andare via così, quando ti ricapita un'occasione come questa?" "Mmm…solo qualche giorno" "Ottimo. Ora ti porto a visitare il mio regno. Seguimi" Entriamo in un palazzo, prendiamo l'ascensore, saliamo all'ultimo piano dove c'è un enorme terrazzo.

"Ammira. Questo è il mio mondo e, in un certo senso, anche il tuo. È come un'enorme città. È in continua evoluzione, i paesaggi cambiano, le case, tutto si modifica per gestire al meglio ogni ricordo, valutazione, scelta o rammarico. Tutti i tuoi sosia sono al lavoro, per tutto il giorno, si servono di quelle comparse incorporee per riprodurre la scena in dettaglio. E tutto segue la tua immaginazione, i tuoi pensieri. Noi corriamo dietro a loro, e proviamo ad anticiparli. Ti viene in mente qualcosa che hai fatto tempo fa? E noi subito facciamo in modo che nella tua testa compaia come sarebbe dovuto essere. A volte esageriamo al contrario, ti facciamo vedere cosa hai fatto nella realtà, peggiorandolo fino al ridicolo. Crudele? No, educativo.

Ogni scena è studiata in ogni particolare, qui l'idea stessa di errore non esiste, non è concepita, non è bellissimo? Ora scendiamo" "Cos'è quella specie di solco che circonda tutta la città? Sembra un fossato, o qualcosa di simile" "Oh nulla, sarà di qualche vecchia scena. Vieni, te ne faccio vedere una in diretta". Torniamo all'aria aperta. "Ragazzi, pronti. Tu vieni qui con quella telecamera!" Tu fermo là! Ok. Ora attenti eh!" si gira verso di me "Ora pensa a qualcosa di personale, un ricordo che riguardi prevalentemente te stesso, magari di cui non sei particolarmente soddisfatto, e stai a vedere".

Mi concentro, penso ad una discussione non particolarmente piacevole di qualche tempo fa. "Azione" Apro gli occhi, e non posso trattenere la soddisfazione: ci sono io nella stessa situazione ma più luminoso, serio, misurato. Nulla va storto, mostro una superiorità schiacciante. Ogni parola è tagliente, ogni sguardo carico. È bellissimo. Mentre mi compiaccio, un pensiero fastidioso mi assale: perché non ho fatto esattamente così? Perché non ho avuto il coraggio di dire, o di non dire determinate cose? Che delusione, che imbarazzo. Che mi serva di lezione. Poi, altra scena, identica. Questa è più simile a come è successo realmente. Ma ho un'aria così dimessa, così…stupida. Mi muovo come

un impedito, che vergogna. Chissà cosa avranno pensato gli altri. Che

schifo. "Tutto bene?" "Eh?" la mia voce, proveniente dall'uomo di vetro,

mi riporta alla realtà, o quasi alla realtà. "Tutto bene?" "Si si,

interessante…penso che resterò ancora un po'". Penso a qualche altra

situazione: sempre eccezionale. Sempre brividi di soddisfazione per il me

stesso che sto guardando, poi il fastidio, il rimorso. E poi quelle scene

che mi scimmiottano, mi mettono a nudo. Ma non posso smettere di

guardare, di riflettere, di rammaricarmi, e poi di pensare ancora. Ricordi

sempre più vecchi, sempre più insignificanti, ma voglio, devo esaminarli.

Devo andare a giudizio, condannarmi come colpevole. Finché giunge

sera "Vai a casa, per oggi hai visto abbastanza. Con i sogni non ci

possiamo fare nulla" passeggio quasi in trance tra le vie di questa città

deserta, entro in una casa qualsiasi, una casetta con giardino. I giorni

seguenti proseguono identici al primo, e io entro nella spirale. Non riesco

più a smettere, e piano piano sto sempre peggio. Eppure non riesco a

non guardare.

Finché? Finché un giorno, mentre sto vedendo una scena che nemmeno

ricordo, e ho gli occhi ricolmi di ammirazione fissi sul mio sosia, sento come uno schianto, qualcosa che si rompe, dentro di lui. Il rumore è

nitido. Per qualche secondo non succede nulla, poi lui inizia a girarsi

verso di me. Tutti gli altri, immobili. Mi fissa intensamente, poi rovescia gli

occhi indietro, tira fuori la lingua, e urla in modo spaventoso

Con gli occhi fuori dalle orbite iniettati di sangue, roteando le mani, inizia

a correre, rompere cose, attacca i presenti. Sta delirando, fa versi

gutturali, si rotola per terra. È come se qualcosa lo stesse divorando

dall'interno, lo agitasse furiosamente. Sta per slanciarsi contro di me in

una corsa folle, quando viene placcato, preso dagli altri sosia che lo

circondano e lo gettano a terra. Mentre lo trascinano indietro mi guarda

ancora, i fissa, il suo labiale dice :"Scappa". "Portatelo alle Mani" dice

l'uomo di vetro "Vieni anche tu, ormai l'hai sentito. Devi sapere che vivere

e impersonare la completa perfezione è difficile, addirittura per noi che

siamo creati per questo. E quindi capita che i sosia più deboli non

riescano a reggere il peso di tutto questo, e letteralmente si rompe

qualcosa in loro. Lo tsunami di istinti, sensazioni, emozioni, repressa fino

a quel momento, viene a galla all'improvviso, rompe gli argini, e il sosia

ne viene inondato dall'interno e cade in preda alla follia. Quando

accadono questi spiacevoli eventi, non abbiamo altra scelta: il sosia

infetto va eliminato, è pericoloso, instabile. E quindi lo portiamo alle Mani"
siamo ormai vicini al fossato che avevo visto in lontananza il primo
giorno.

Arriviamo fino al margine, e il sosia impazzito, che ancora si divincola,
viene gettato nel fossato. All'inizio, non succede nulla. C'è solo terra. E
lui si agita, prova a risalire, senza successo. Poi inizio a sentire un
rumore, arriva da sinistra, da destra, direttamente dalla terra. Come di
mille piccoli passi, una carica di nani. È sempre più vicino, sempre più
forte. Il sosia si arrampica freneticamente. Poi le vedo. Da sinistra, da
destra, dalla terra, stanno uscendo migliaia di mani. Mani, senza braccia
o corpi attaccati, che corrono sul terreno come ragni, sembrano un fiume.
Corrono, una sopra l'altra, si superano, si spingono. E puntano verso lo
sfortunato intruso. Poi, come un banco di piranha, si aggrappano alle sue
gambe, gli salgono sulla faccia, sulla schiena. Lo sballottano, lo
trascinano sul fondo del fossato, iniziano a tirare, in diverse direzioni, lo
vogliono squartare. "Andiamo via, non c'è più nulla da vedere". All'ordine
dell'uomo di vetro, tutti, compreso me, si allontanano, tra le urla del
condannato. Sono scioccato, mi tremano le ossa. "So che ti sembra

esagerato, ma l'imperfezione non è di questo mondo. E noi dobbiamo fare in modo che resti così, ne va del tuo equilibrio psicologico".

Per me è come svegliarsi da un incubo: come è potuto piacermi un mondo così vuoto? Così rigido? Così triste? "Devo andarmene" "Non penso che lo farai" "Cosa intendi?" "In questi giorni, il mio controllo su di te è aumentato. Io posso farti impazzire, letteralmente. Guarda" L'uomo di vetro pianta i suoi occhi fiammeggianti nei miei, e vengo assalito da un'ondata di vergogna: ricordi di piccole figuracce diventano disastri imperdonabili, piccoli successi vengono trasformati in spettacolini tristi. Mi sento un burattino senza spessore, poi un pagliaccio, un'ombra. Sono piegato in due, non riesco più ad alzare lo sguardo. "Resterai qui finché non ti sarai deciso a smettere con questa storia del libro". Torno nella casetta ancora disgustato. Devo scappare. Ma come? Ogni angolo della città è pieno di sosia, l'uomo di vetro dalla cima del palazzo può vedere e controllare tutto. Sono destinato a rimanere suo schiavo per sempre? Ad essere fissato e giudicato da quegli occhi ogni secondo? E poi quelle mani, sono spaventose. Non voglio finirne preda, mi fanno paura. Ma forse potrebbero essere la mia unica speranza. Nessuno oserebbe avventurarsi in quel fossato, e chissà cosa c'è sotto. Tunnel? Gallerie?

Devono pur potersi muovere, se riescono a sbucare da tutte le parti. Ma esattamente, cosa sono quegli esseri? Cioè, mani ovviamente, ma hanno occhi? Bocche? Devo studiarle. Appena scende la notte, quando tutti vanno a coricarsi perché "con i sogni non possono farci nulla" mi avvicino al fossato con qualche attrezzo per fare esperimenti.

Lancio una scatola vuota nella terra, e dopo poco inizio a sentire quel rumore raccapricciante. Le mani stanno arrivando. Appena le vedo correre verso la scatola, le illumino con una torcia: nessuna modifica nel loro comportamento. Provo a parlare, a fare suoni. Nemmeno, nulla di particolare, solo qualcuna sembra vagamente confusa. Ma appena guardo la scatola, vedo che è ancora lì. Non le hanno fatto nulla, ci sono passate sopra, l'hanno sfiorata, ma nulla di che.

Illuminazione. Provo a saltare, pestare i piedi per terra. E se ne accorgono subito, iniziano a girarsi verso di me, ma non riescono a salire, il fossato è troppo ripido. Ora è chiaro. Non hanno occhi, bocca, orecchie. Percepiscono solo le vibrazioni del terreno, con le dita. Così capiscono che c'è qualcosa di strano nel loro territorio. Probabilmente hanno recettori estremamente sensibili, e captano anche il battito cardiaco dello sfortunato intruso, che aumenta per la paura e gli sforzi per liberarsi. Ma mi rimangono degli interrogativi: se non hanno bocche né organi simili, almeno a vista, perché trascinano e aggrediscono così gli uomini? Dove li portano, cosa ne fanno. Diciamo che come unica via di fuga non è un gran che. Ma qualcosa mi può venire in mente, soprattutto perché questo mondo è basato sulla mia immaginazione, sui miei pensieri. La mia mente inizia ad elaborare un piano: se io mettessi una rampa, una scala, qualcosa che permettesse alle mani di salire nella città dell'uomo di vetro. Se io domattina iniziassi a pensare ad una scena in cui per caso ci sono grandi trivelle e ruspe che scavano nel terreno. Subito i sosia la dovrebbero riprodurre, e le vibrazioni nel terreno attirerebbero le mani. Nel panico generale, io potrei calarmi nel fossato ormai vuoto ed entrare in qualche cunicolo per far perdere le mie tracce, e poi chissà. Meglio che restare qui.

È l'alba. Nella cantina della casetta trovo una scala, la fortuna mi assiste. Esco, e appena esco inizio a pensare a qualcosa riguardo a scavi, lavori, cose del genere. Arrivo al fossato e noto già i sosia in lontananza che preparano, scavano. Sta andando tutto come previsto. Posiziono la scala e mi nascondo dietro una casa, le mani iniziano a uscire, corrono per le strade. Ne escono sempre di più, sono tantissime. Quando non ne vedo più nessuna, mi avvicino al fossato. Scendo la scala col cuore in gola, e mi trovo nel fossato. In lontananza sento urla, colpi, ma qui c'è un silenzio tombale. Camminando, noto quasi subito che ci sono varie gallerie, la maggior parte molto piccole, che sbucano nel fossato. Potrebbero essere lunghe chilometri, ma sono troppo strette. E se tornassero le mani? Dove potrei nascondermi? Finalmente vedo una galleria bella grande, e con un po' di esitazione comincio ad entrare, finché il buio mi circonda completamente.

Mentre mi lascio la luce del giorno alle spalle, l'oscurità mi sembra calda, accogliente, vera. Il percorso è completamente al buio, e per ora discende dolcemente verso chissà dove.

Avrei potuto portarmi una torcia però. Se iniziassi a essere totalmente immerso nel buio? Dovrò andare solo seguendo il tatto. Forse, se inizio a abituare i miei occhi al buio, dopo sarà più facile. Mi fermo e inizio a fissare il buio davanti a me, provando a scorgere qualche contorno, qualcosa. Nulla. Aspetto, qualche secondo: ora sembra già meglio, socchiudo gli occhi e…davanti a me, improvvisamente, si schiudono due occhi.

Rossi.

Enormi.

Sfioro l'infarto, e faccio un salto indietro. "Credevi di potermi fregare

così?" La voce dell'uomo di vetro suona inumana. "Hai dimenticato che il

mio mondo viene dal tuo pensiero. Mi sono accorto subito che non stavi

sognando, perché ieri notte ti percepivo ancora. E ho visto tutto il tuo

piano attraverso la tua mente. Ed eccomi qui. Ora torna indietro." "No"

"Come vuoi".

Scenari terribili entrano nella mia testa, non riesco ad avanzare. Come

posso muovermi e farmi vedere da tutti? Sembrerò ridicolo. Devo

scappare in casa. Per forza. Comincio a camminare verso l'uscita del

tunnel, inizio a sentire i rumori delle trivelle e delle battaglie. Mi torna in

mente il labiale di quel sosia, "scappa". No. Cosa sto facendo? Devo

ribellarmi a tutto ciò. Mi fermo. "Non mi importa quanto vuoi farmi stare

male, io sono qui ora, e tu esisti grazie a me. Maledetto uomo di vetro. Se

solo riuscissi a non darti retta." "Ah se la metti così…" La potenza del suo

attacco aumenta. Scenari futuri terribili, passato e futuro si fondono in

un'unica cometa che si schianta nella mia testa. Non riesco più a

controllarmi, sto per cedere. Folle intere ridono di me, il mio libro che

brucia in mezzo a una danza di diavoli, mani che mi corrono sulla faccia, intorno al corpo, per tirarmi giù, sottoterra. Mi tirano, mi spingono. Mi sento impotente, sopraffatto.

Poi, la terra trema. Da dentro la galleria pezzi di roccia iniziano a staccarsi. Ci giriamo entrambi per capire cosa sta succedendo. Gli scossoni sembrano provenire dal fondo della galleria, dal centro della terra, di questo mondo malato. Poi, nella galleria spunta un dito. Un dito enorme, grosso come un tronco. Si agita, cerca di uscire, si dimena. Corriamo fuori appena in tempo: dalla terra stanno uscendo mani, altre mani, ma gigantesche. Hanno dita grandi come alberi, sono candide, chissà da quanti secoli non uscivano allo scoperto. Probabilmente rimaste in profondità fino ad ora e risvegliate dalle trivelle e dai tumulti, si fanno strada attraverso le piccole gallerie ed escono in superficie, come ciechi ragni mostruosi. E io e l'uomo di vetro ne siamo circondati.

Alcune salgono sul fossato e galoppano verso la città, altre continuano ad emergere. Per ora non si sono accorte di noi, ma non gli ci vorrà molto. Iniziamo a correre lungo il fossato verso la scala, per provare a salire, ma è stata distrutta dalla carica delle mani giganti. "Sei finito" ride l'uomo di vetro, anche se visibilmente in difficoltà "Io qui sono invincibile, troverò il modo di sistemare tutto. Tu non hai alcun potere. Devi tornare come mio prigioniero per sopravvivere" *"Tu sei ridicolo, vetrino dei miei stivali"* terzo infarto sfiorato in pochi minuti.

Ci giriamo di scatto. Io sono incredulo. Dalla terra, oltre ai mostri, è uscito l'Anonimo, a bordo di un trabiccolo che sembra assemblato con rifiuti da discarica. Una scavatrice? Un aereo? Un sottomarino? Difficile da capire. "Co...cosa ci fai TU qui?" "Chi è questa persona? Cosa sta succedendo?"

"Non far finta di non conoscermi, insignificante ometto dagli occhi rossi. Sai benissimo chi sono. Lui forse non lo ha ancora capito però" si gira verso di me *"Oppure sto per essere colpito positivamente e l'hai capito?"* "Ehm...io...tu...insomma..." *"Cooome non detto. Tieniti forte. Io sono l'incarnazione della tua fantasia. Per dirla in breve, sono la tua Fantasia".* "Capisco sempre meno"

"Andiamo, non era così difficile. Io sono la tua Fantasia, la tua creatività. Ti ho seguito passo passo in questo libro, appaio e sparisco, ti sfido, ti costringo a inventare sempre nuove soluzioni.

È questa la differenza tra me e questo antipatico uomo trasparente, per questo non siamo in buoni rapporti o, come ama dire lui, siamo "Acerrimi nemici": io creo, creo instancabilmente. Progetto, volo, corro. E ti faccio correre con me. Lui invece, distrugge. Livella. Abbassa. Cerca di attaccarti alla realtà, ti fa vedere il lato negativo di ogni tuo pensiero, di ogni tua idea. Ti rimprovera, ti svilisce.

E, purtroppo, è necessario. Ti fa rendere conto dei tuoi errori, senza di lui ti getteresti in ogni cosa senza un minimo di valutazione, sotto la mia spinta positiva. È la tua coscienza, il tuo SuperIo. Ma il suo ruolo dovrebbe essere di aiuto, non di controllo. Tu gli hai dato troppo potere, devi uscire dalla sua influenza".

L'uomo di vetro sembra folgorato. Per qualche secondo non dice nulla, poi sbotta "Tu…maledetto…come osi entrare nel mio regno? Cosa vuoi?"
"Mi porterò via lui, e tu non potrai fermarmi"

"Non penso proprio che lo farai" Si mette tra me e l'Anonimo. *"Non farmi ridere. È vero, sei fondamentale e tutto il resto, ma non dimenticare che rispetto a me non sei nulla. Io sono la Fantasia, io porto l'uomo oltre sé stesso, lo libero da sé stesso, lo faccio*

diventare qualcosa di più. Gli dò la possibilità di esprimersi, di esprimere quella spinta a creare, a fare, a essere, che è umana e divina al tempo stesso. Tu sei un guardiano, un controllore. Non sai vedere oltre te stesso e la tua trasparenza.

Non puoi controllare me, perché sarebbe come sorvegliare una enorme diga piena di falle, puoi provare a tenerla, ma prima o poi crolli. Ci riusciresti se controllassi qualcuno che vedesse solo la realtà, solo la terra. Allora avresti potere su tutto. Ma gli esseri umani non sono fatti per questo, sono fatti per stare a mezz'aria, tendere verso l'alto.

Tu sei uno strumento, io sono forza, energia irrefrenabile. Fatti da parte."

Mentre parla, comincia a trasformarsi. Diventa più grande, altissimo, muta, ha cento facce diverse, cambia forma ogni secondo, ma continua ad espandersi. È una piovra, colossale, multicolore, multiforme, che espande i suoi tentacoli, e ovunque tocca trasforma, nascono piante, si rompe la terra, il cielo si buca. È diventata la madre del mondo, l'Idea per eccellenza, la piovra spalanca la bocca e comincia a risucchiare tutti i palazzi della città dell'uomo di vetro, le costruzioni crollano, si mischiano alla caotica festa del mostro.

L'uomo di vetro è pazzo di rabbia, ma è costretto a scappare. "Non ti libererai mai di me" mi urla mentre scappa "sono parte di te". Poi sparisce all'orizzonte. La piovra risucchia anche me, ed entro nel regno della Pura Fantasia.

Appena entro nella bocca del mostro, sento che sto cadendo, volando, camminando allo stesso tempo. Vedo a colori, poi in bianco e nero, poi l'interno delle cose, e la musica dei sogni e corpi e voci e cado nel nulla albatros nella luce viola un'arpa con cento occhi e un deserto di origami, e posso vivere con due cuori. Sono una cometa che piange, E tante e tante cose che non si possono ricordare in una sola vita, finché non mi sveglio nel letto. Sono sempre io, sempre con il mio libro da pubblicare, ma non riesco a concentrarmi su nulla. Eppure non riesco a smettere di provarci. Ogni volta che provo ad aprire il libro sono assalito dagli occhi dell'uomo di vetro, da ondate di fantasia che vorrebbero farmi scrivere all'infinito, dalla paura, dalle ombre e dalle luci, ma lo voglio continuare, poi distruggere, cambiare. Così non posso andare avanti. Per questo l'ho mandato a te. Tienilo, fanne ciò che vuoi, io non voglio più averci a che fare.

FINE

La storia è finita, chiudete pure. Io rimango solo per una breve presentazione di me stesso, si sa mai che uno si stia chiedendo "Ma chi può aver scritto sta roba?" Beh, sono io. Piacere, mi chiamo Edoardo Manenti. Ho 18 anni e molto poco da dire, a parte un grazie per essere arrivati fin qui. Alla prossima